U0938043

独角兽丛书

像纸片一样飞

陶纯 著

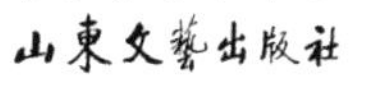
山東文藝出版社

图书在版编目（CIP）数据

像纸片一样飞/陶纯著．—济南：山东文艺出版社，2004.2
（独角兽丛书）
ISBN 7-5329-2235-9

Ⅰ．像… Ⅱ．陶… Ⅲ．长篇小说-中国-当代
Ⅳ．I247.5

中国版本图书馆 CIP 数据核字（2003）第 081934 号

主管部门	山东出版集团
集团网址	www.sdpress.com.cn
出版发行	山东文艺出版社
电子邮箱	sdwy@sdpress.com.cn
地　　址	济南经九路胜利大街 39 号
印　　刷	山东新华印刷厂德州厂
版　　次	2004 年 2 月第 1 版 2004 年 3 月第 2 次印刷
规　　格	开本 880×1230 毫米 1/32 印张/7 插页/2 千字/113
印　　数	5001-8000
定　　价	15.40 元

DuJiaoShou

像纸片一样飞

1

0-1

1

下午四点,阳光仍旧灿烂,甚至更烂漫了。西天的霞光浩浩荡荡奔涌而来,把整个城市涂抹得像一个浓妆艳丽的女人。这个时刻的它开始不安分了,有了蠢蠢欲动的念头,有了一点淫荡的味道。

不过, 何一为却没有心思和兴趣体会城市在一天里的细微的变化。他急匆匆地赶路。马路上已经有了落叶,是法国梧桐的叶子,宽大而明亮,很像是虚拟的油饼,一张张的,无序地铺排在还算洁净的路面上。走着走着,他眼前一亮,停下来。

估计就是这儿了。

在九月依旧逼人的阳光里,何一为费力地仰起脸来,望着面前这座高大雄壮的建筑物出神。不断有各种颜色各种款式的小轿车从何一为身边刷刷地驶过,带来一股股混合着浓烈汽油味的热风,在他身前身后旋转奔突。约有一个足球场般大小的广场上,除了停泊得整整齐齐的小车,便是摇来晃去的红男绿女,偶尔有一两个身着深蓝色制服的保安出现在人们的视野里,他们的装束很像军阀混战年代的仪仗队员。大厦门前的喷水池放射出五颜六色的光芒,仿佛是一个永远也无法消逝的梦境。

何一为来到省城刚刚半个月。他身穿纯白色的的确良短袖上衣,下身着一条深蓝色的长裤,脚蹬回力牌白胶鞋,衣服由于换洗不及时而染上了淡淡的汗渍;他的头发长而凌乱,眼神飘忽不定,流露出一种怯怯的成分。明眼人不难发现,他是一个外地人。

何一为来自离此五百里外的一座小县城,他考上了省城一所最著名的大学。半个月前,他走下长途汽车,双脚刚一踏上省城的柏油路面,心里就咯噔咯噔响了一阵,一种说不清道不明的亲近感由表及里,狠狠咬噬着他。后来他想,他有这种感觉一点都不奇怪,因为他原本就是这座城市的人。十六年前,他们全家搬离了省城,从此他就与这座城市断绝了来往。但现在,他又来到了这里。他不知道自己以后的路怎么走,他只知道他是作为一个外地人闯进这座城市的。

这座城市会接纳我吗?会接纳我吗?他一遍遍地想这个问题。到后来又变成了他一遍遍地问自己,我能喜欢上这个光怪陆离的城市吗?

他得不到任何答案。

他们全家搬离省城的那一年, 何一为才五岁多一点。在他闪烁不定的记忆中,他家住在城东靠近市中心的剪子巷。那是一条曾经挺有名的巷子,一切都显得古色古香。剪子巷19号就是他的家。那是一座老式的四合院。是他的祖父在这座城市刚解放时,用攒了一辈子的钱买下来的。祖父祖母去世之后,房产就落到了他父亲名下。到这时,房屋都很破旧了,屋顶上的瓦缝里长满了荒草,风一吹过就发出沙沙的响声。院子倒挺大,铺着青砖,由于年深日久,青砖早变成了土地一样的黑褐色;院子中央生长着一棵枝繁叶茂的洋槐树,每年春夏季节都有一些“吊死鬼”拖着长长的丝线晃来晃去，稍不留意，它们就会钻进你的脖颈里。那时，年幼的何一为没有朋友，他就捉“吊死鬼”玩。有一天，他捉了满满一铁盒，又把它们放进了父母床上的被子里。晚上睡觉时，他的母亲被满床的肉虫子惊呆了。他的父亲气得咬牙切齿，照他屁股就是一巴掌，然后又怒气冲冲地说：“我他妈的早晚要亲手刨掉这棵该死的洋槐树！”

然而没等他的父亲实施刨树的计划，他们一家就给撵到了五百里外的地方。后来在父亲最悲惨的日子里，有一天父亲突然说：“也不知咱家那棵洋槐树咋样了，我很想念上面那些‘吊死鬼’……”

母亲冷笑一声，接过话茬，恶声恶气地说：“你还有脸提这些！我们混得人不是人鬼不是鬼，都是你一手造成的……”

父亲叹口气，说：“是呀，我他妈的连那些‘吊死鬼’都不如啊！”

他们家一系列的不幸的变故完全与父亲有关。是父亲一错再错，改变了全家人的命运。

半个月前的一天傍晚，二十二岁的何一为扛着简单的行李走下长途公共汽车。下车后他做的第一件事，就是在路边的一个小摊上花五角钱买了一份省城导游图，然后他借着路灯昏黄的光亮迫不及待地仔细研读，但他找来找去，就是找不到剪子巷。到学校报到后，他又找人打听，有谁知道剪子巷在哪儿？系里的一位副教授说，他在本城呆了十多年，从没听说过有这样一条巷子。何一为当然不死心，继续找人打听，甚至不惜跑到学校图书馆翻阅省城十多年前出版的旧报纸，企图从那上面找到答案，终是一无所获。直到开学后的第二个星期天，在校门口摆摊修鞋的一位老大爷告诉他，先前城里确实有一条名叫剪子巷的小胡同，离市政府不远，但搞文化大革命时改名叫红卫巷，“文革”结束后又改名叫青年路，那地方不难找，因为本城最高的大楼——五星级的金鼎大厦就矗立在那里。

何一为舒了口长气。他匆匆谢过修鞋的老头，顾不上回宿舍，撩起双脚就上了路。这些年里，城市的变化真是太大了，几乎一天一个样儿，快得让人甚至来不及琢磨。比如脚下这条宽阔的马路，何一为相信当年他的父亲和母亲一定带着他从上面走过，但现在马路以及它两边的建筑早就面目全非了。虽然何一为已经意识到人间所有的一切都不过是过眼烟云，但此刻他仍然感到兴奋。远远地，他看见了那座巧克力色的大厦，它直插云天，仿佛想去拥抱日月。

在走进大厦广场之前，何一为好奇地同路边一个摆烟酒饮料摊的小伙子攀谈了几句。小伙子神神秘秘地告诉何一为，金鼎大厦春天刚刚开张，它是本城惟一的一家五星级宾馆，十五层以上专门接待外国人，每天都有三陪女前来服务。小伙子吐了个烟圈，暧昧地说："怎么？你想进去试试吗？不过，没钱的话进去可就出不来啦！妈的，那里面一罐饮料都卖到二十块钱，可照样有人买……"

何一为脸腾地红了，赶紧离开了小伙子。

现在，何一为站在九月温煦的阳光里，费力地仰起脸，他怎么也数不准金鼎大厦有多少层，是三十一层，三十二层，抑或是三十三层？

具有悠久历史的剪子巷早就不存在了，取而代之的是大厦门口的这条名为青年路的平坦马路。金鼎大厦是青年路的象征。过去这一带的老房子也都不见了踪影，周围全变成了整齐的高层民居和餐馆商场。直觉告诉何一为，剪子巷19号——他的出生地就是面前金鼎大厦主楼的位置。如今，那座古老的四合院，还有那棵枝繁叶茂的洋槐树，被这座冰冷的高大建筑物压在了身下，再也没有出头之日了……

何一为感到脖子酸痛。这时，一个大块头的保安朝何一为走过来。保安犹犹豫豫地说："先生，您有事吗？"听口音，保安不像是本地人。

何一为猛一愣怔，忙说："噢，不不，我随便看看。"

往外走的时候，何一为禁不住想："这个地方，这个金碧辉煌的地方，它就是我的伤心之地！"

他几乎是咬牙切齿地决定，以后再也不会到这个地方来了。

独角兽丛书

DuJiaoShou

像纸片一样飞

1

8-9

DuJiaoShou

像纸片一样飞

2

10-11

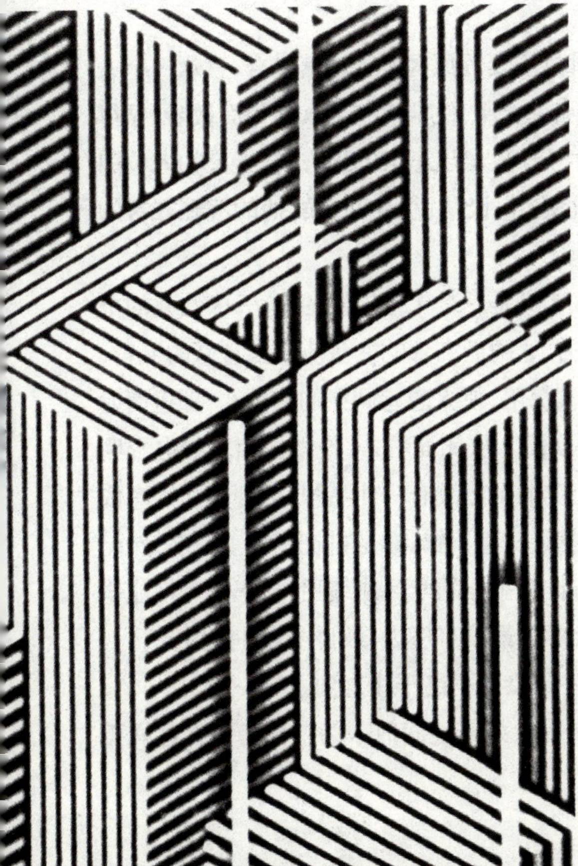

2

80年代初期和中期，大学校园差不多就是中国大地上最迷人的地方。

起初，何一为并不引人注目。主要的原因是他落落寡合，喜欢一个人独处。他甚至没有一个朋友，除了上课，他常常一个人到外面散步，显得很是孤独。在大学校园这种才子佳人层出不穷的地方，在大家初入校门忙着广交朋友、高谈阔论、愤世嫉俗、谈情说爱的时候，他的沉默寡言的行为方式使别人暂时忽略了他。

其实，单看外表，何一为确实又是一个十分出众的人，一米八几的个头，魁梧之中蕴含着动人的灵秀，宽阔而高耸的额头流露出智慧的光芒，面部的线条生动而有力度。眼窝深陷，使人想起碉堡的射击孔，那里面射出的目光就显得深邃、专注和浪漫。从侧面看去，他很像西方的电影明星，酷极了。他衣着整洁，身上穿的虽然没有一件名牌，但朴素和洁净依然能够成全他。他的学习成绩据说一直不错，总是排在班级前几名，然而大学不像中学，在大学里，又有谁在乎你的学习成绩呢？反正好赖都能毕业。所以，很多人都感到，读大学是最没有压力、最自由自在的时光。

一年之后，有一个名叫丁冬的女孩子终于注意到了何一为。

他们熟悉了之后，丁冬有一次好奇地问何一为：“你为什么这样孤独？这就是你的性格吗？”

何一为双眉紧锁，不假思索地说："我喜欢这样。因为我明白，我很难喜欢别人，别人也轻易不会喜欢我。"

这样的回答令丁冬不知所措，无言以对。

丁冬个头不高，留着男孩子样的短发，皮肤白皙，眼睛不大，鼻尖略略上翘，嘴巴也显大了一点，不过在有些人眼里，这种长相是比较性感的一类女孩子。其实，在佳丽成群的大学校园里，丁冬的相貌只能算中等偏上。她来自海滨的一座美丽宁静的小城，父母都是知识分子。她属于典型的小家碧玉，庄重而不失激情，执著而不偏执。

何一为和丁冬同级不同班。在长达一年的时间里，他们虽然经常在路上、教室或者饭堂里相遇，彼此很面熟，可能也互相知道对方的名字，但从未说过一句话。何一为总是一副目不斜视、旁若无人的样子，见了女性更是如此。丁冬当然也不会主动与他攀谈。如果说大学校园是个非常迷人的地方，那么，学校食堂便是校园里最不迷人的地方，每到开饭时间，几百名甚至上千名学生一拥而进，里面的混乱劲儿可想而知，使人想起灾荒年代的赈济场所。更要命的是，某些脸皮厚的男同学总是借机起哄，在女同学身前身后蹭来蹭去，占点说不出口的小便宜，这似乎成了他们乐此不疲的事情。

这一天，丁冬被人簇拥着走进食堂，里面已有了很多人，乌烟瘴气的，乱得不能再乱。排队打饭时，丁冬猛一回头，发现她后面站着的不是别人，正是平时沉默得像块石头的何一为。越往前走队伍越乱，接近打菜窗口时，有人开始从后面大力起哄，丁冬觉得自己仿佛处在风口浪尖上，给推搡得喘不过气来，呼吸困难。她忍不住冲后面说："请慢点，好不好?"何一为比丁冬高出整整一个头，丁冬看他时须吃力地仰起脖子。她看到何一为脸红了红。突然，又一个浪头过来，何一为热乎乎的胸膛完全贴在了丁冬身上，丁冬不由恼了，用力朝何一为扛了一肩膀，火气蛮大地说："讨厌！德性！"

何一为的脸瞬间变成了猪肝色，他支支吾吾的，一句完整的话也说不出来。确实是冤枉他了。排在何一为后面的一个留着小胡子的男同学用筷子使劲敲了一下搪瓷碗，嬉皮笑脸地接话道："丁冬同学，不是德性是惯性，懂吗？"他的话引起一片哄笑声。

就在这时，丁冬感到自己背后松快了一些，扭头看时，发现何一为已经不见了。她意识到自己刚才的举动可能伤害了何一为。其实一点也怪不着何一为，他也是被后面的人推搡着往前走的。草草吃了几口饭，丁冬没有回宿舍，而是朝男生宿舍的方向走去。她希望能碰到何一为，向他解释几句，不然她心里不安。

走到离男生宿舍区二十多米远的地方，丁冬就看到何一为从另一条小路走过来，手里拿着一块面包，边走边啃。见到丁冬，他愣了愣，快速把嘴里的食物咽了下去。丁冬迎上几步，笑笑说："刚才对不起，实在对不起，我不光是针对你的……"这是丁冬有生以来和何一为认真说的第一句话。

何一为却说："你骂得对，我们这里确实有很多人让人讨厌，缺乏德性。这哪是大学生啊！我看和盲流差不多。"

扔下这句话，何一为昂首向前走去。从那以后，丁冬很少再在食堂里见到何一为。他变得好像更加沉默寡言了，几乎不和任何人来往。

不久之后的一天晚上，丁冬再次遇见了何一为。九点多钟，丁冬从教室出来，往宿舍的方向走，路过空荡荡的大操场时，模模糊糊看到了一个有些熟悉的身影。好奇心引领着她朝那人走去。近了一看，原来是何一为。何一为一个人孤零零立在操场的中央，正双手卡腰，仰天长望，并未注意到丁冬的到来。丁冬原本不想打扰何一为，但正值青春期的她有着强烈的和人说话的欲望，尤其是面对何一为这样一个与众不同的异性。于是，丁冬轻咳一声，说："喂，何一为同学，你在干什么？"

何一为收回目光，仔细看了一眼丁冬，认出是她后，说："是你呀！"何一为这个晚上的情绪不错，他接着说，"是这样，报纸上讲，今晚有一颗彗星将经过地球，天气好的话，能看到它奇特的光亮。"

丁冬咯咯笑了起来，心想这人真有意思，居然像小孩子一样，有那么重的好奇心。于是，她问他："你对天文学感兴趣？"

"不不，我只是看看。"何一为忙说。

丁冬又问，几点钟？他说十点三十分左右。丁冬说，时间还不到啊，天气也不算好，可能看不到的。何一为勾了勾脑袋，重新抬起头来，认真打量着天空。天上没有月亮，好像有点阴，露水很重，空气湿漉漉的，只能看到少许几颗并不明亮的星星，因此丁冬认为他的举动将会是徒劳的，甚至有几分可笑。

然而，何一为在夜色里却用极其执拗的口气说："十点三十分只是科学家的大致的预测，不一定那么准确，我想我耐心等下去,会看到的。”

呼呼的风声带来深秋的凉意,丁冬打了一个寒颤。何一为的认真劲儿已经多多少少感动了丁冬,但她很快就离开了他,因为她并没有陪他看什么彗星的兴趣,她仅仅是感动于他对某些事物的执著。熄灯之后,丁冬趴在双人床的上铺,这个位置正好可以看到操场的一角。她远远地朝大操场的方向张望,隐隐约约感到何一为仍然孤立在空荡荡的操场上,像一个不知疲倦的稻草人。她睡醒一觉后,趴在床上往外看,何一为好像还一动不动地站在那里。丁冬突然觉得有点恐惧,仿佛何一为真的变成了稻草人,或者只是一副人类的躯壳。

第二天去大教室上课时,丁冬特意走到何一为面前,小声问道:“昨晚你看到彗星了吗?”

何一为尴尬地笑了笑,异常认真地说:“我一直等到深夜,天上有好几颗流星划过,我不知道哪颗是我要等的,也许它已经过去了,可我并没有发现它;也许我要等的一直没有出现,甚至永远不会出现了……唉!真是弄不清啊……”

丁冬再一次为何一为的认真劲儿感到惊奇。望着他远去的背影,她陷入了长长的沉思。

但这仅仅才是开始。

DuJiaoShou

像纸片一样飞

2

16–17

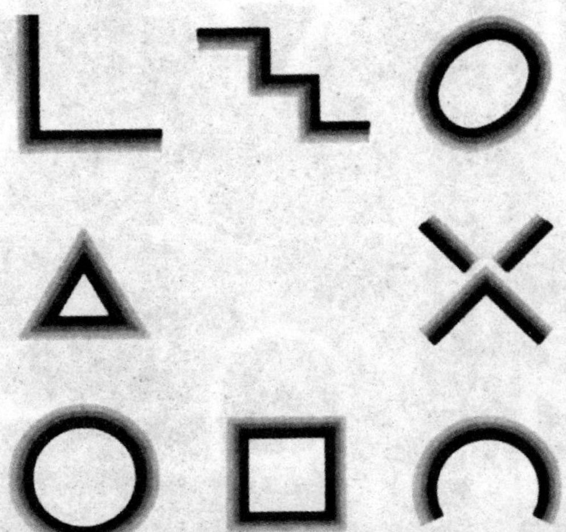

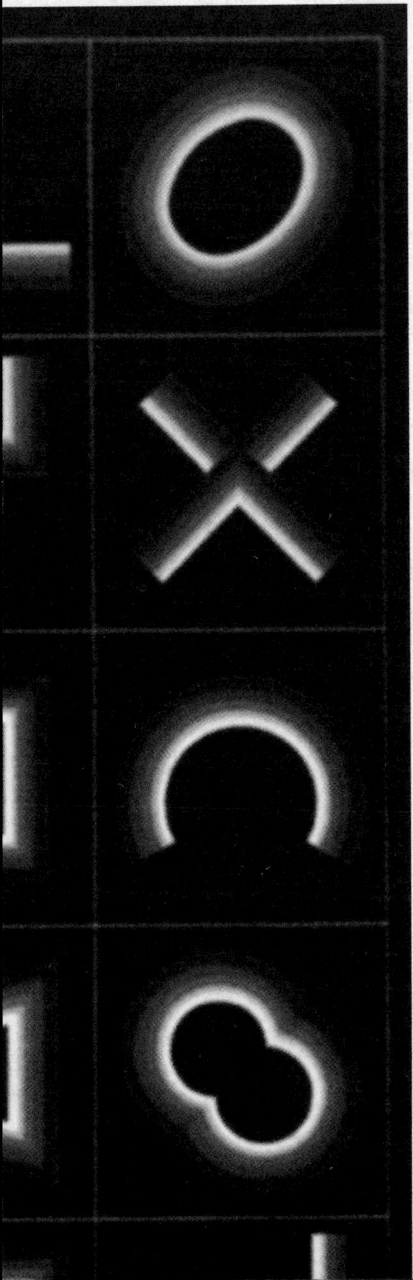

3

何一为真正被丁冬爱上，或者说他也爱上丁冬是在他们读大三的时候。

按说像他们这样的年龄，又处在那样一个开放的环境里，应该说对任何事情都会感兴趣：政治、经济、哲学、社会、人生、前途、未来、欢乐、痛苦、足球、排球、电影、小说等等，当然还有性。那时在校园里没坠入爱河的人少得可怜，每逢夜晚来临时，男男女女相亲相爱的影子满世界都是，空气浓烈得连他们自己都感到呼吸不畅。尤其是周末，有些女孩子用最快的速度化好妆，跟着来接她们的人，像一只只飞走的蝴蝶，坐豪华轿车到外面消遣，甚至彻夜不归。

到这时何一为仍然按兵不动，我行我素，谁也不知道他葫芦里卖的什么药。

丁冬比他积极。丁冬先是和外语系的一个男同学好了一阵，那家伙嘴里不断冒出的像葡萄串一样的英语单词越来越令她反胃，索性和他“拜拜”了。不久，她又和经济系外贸专业的一个研究生好上了，这人名叫汪家林，当时正面临毕业。据说学经济专业的人找一份好工作一点问题没有，因为那时社会上各行各业都需要经济专业的人才，所以汪家林一点也不着急，一心一意和丁冬谈恋爱。

汪家林比丁冬大好几岁，家住本市，看上去他很腼腆，戴一副近视眼镜,文质彬彬。其实汪家林追女孩子的手段却像老练的贪污犯一样高明。不长时间,丁冬就被他搞得神魂颠倒,要死要活。

他们的关系发展迅速,丁冬差一点就把自己完完全全交给汪家林了。当时她之所以对汪家林有所保留,并不是她多么看重贞节, 她觉得处女膜只是一种外在的形式,仅此而已。她认为,一个女人是否具有坚定的贞节,不应该光看形式, 而应该主要看她是否将心真正地交给她所爱之人,这才是最关键也是最重要的。

有时,丁冬甚至觉得处女膜是一个累赘,因为它会妨碍她去做自己想做的事情,毕竟有它在,是一个障碍。要想打破这个障碍,需要积攒一点勇气。

就在丁冬准备将自己委身于汪家林时,一件意料不到的事情发生了。

正赶上天气转暖,他们基本上夜夜相聚,前半夜外出,后半夜再回各自的宿舍。夜幕降临了,她和汪家林相伴来到校园北面的小山上。山上已经布满了年轻人,在松林中的草地上,他们或躺或坐,交谈、拥抱、接吻、小憩。这种千篇一律的声音汇合在一起,生动而迷茫,宛若来自天堂,能使走近它的人受到深刻的感染。

夏季来临后的一个平平常常的夜晚,丁冬和汪家林同往常一样在松林间的草地上消磨时光。他们重复着过去的动作,激情在他们的身体里冲撞,全身都似着了火一般。丁冬想自己快不行了,眼看汪家林就要得手了,这家伙的动作是那么狂放，使人感到他肯定有不少类似的经历。丁冬极力提醒自己：注意呀，当心呀，事情可不那么简单！但她仍然无法掌握自己，身体就像一条行驶在惊涛骇浪中的小船，被大水冲得七摇八晃，眼看就要沉没了……而且，提醒已经不起作用，仿佛她的灵魂早就游离出了躯体，她只能越陷越深。在这样的时刻，人总是身不由己的。由此看来，人是多么脆弱无力，多么可怜无助。

丁冬感到痛苦不堪。

就在这时，就在这个极其危险的关头，老天爷出来干涉了——突然刮起了大风，是那种又凉又硬又急的风，伴着电闪雷鸣，预示着一场大雨即将来临。大风撕扯着柔软的松枝，卷起地上的破碎纸片和草屑，密密麻麻的纸片草屑在他们头顶飞舞，像在为他们举行含有灾难意味的特殊仪式。片刻工夫，风变小了，接踵而来的是黄豆大的雨点从天而降，大地一片白茫茫的。数不清的人从松林里钻出来，仓皇奔逃，有的边跑边穿衣服，那样子仿佛刚从被窝里爬起来，跑去救火。汪家林拉起丁冬就往宿舍跑，丁冬感到脚下没根，双腿直打颤，怎么也跟不上汪家林的节奏，几次差点摔跤。

跑着跑着，丁冬心里突然咯噔一下，就觉得有件极为重要的事情等待她去做，而且必须立刻去做。于是，她放慢了步子。汪家林疑惑不解地望她一眼，说："你怎么啦？"

丁冬回望了他一眼，说："你先回去吧，我想一个人走走。"

汪家林急了，大声说："你疯了吗？还不快走！"

丁冬说："我没疯，我怎么能疯，我只想一个人随便走走，请你先回吧！"

汪家林泄了气，他抹了把脸上肆意流淌的雨水，无奈地说："那好吧，

我陪着你走，咱俩一块淋雨。”

丁冬不知哪来的无名火，她使劲推了汪家林一把，生气地说：“谁用你陪，我现在不希望别人陪！”

事后想起来，正是这场不期而至的大雨改变了丁冬未来的生活道路，尽管她当时没有察觉到。如果说她的选择是一个错误的话，那么，错误就是这一刻铸成的。它很容易使人想起，人时时刻刻处在要命的十字路口上，稍不留意就会走向别处，甚至走向万劫不复的境地。当然，丁冬当时不可能想到这些，她只是觉得一件顶顶重要的事情正等待她去做，她无法抗拒。汪家林也有点生气了，他百思不得其解地悻悻离开后，丁冬平静了一下自己，顺原路走回松树林。这时雨似乎小了一些，不过雨点仍然很密集。

一道闪电当空炸裂，瞬间，丁冬眼睛一亮，她看到了何一为。何一为坐在松树林中央一张快要散架的竹椅上，像一件远古时代的雕塑，纹丝不动，任凭雨水浇灌。短暂的黑暗过后，又一道闪电普照大地，借助惨白的光亮，丁冬飞快地注视何一为。天哪，此刻在丁冬的眼里，何一为是那么高贵，那么英俊，那么独特和不凡，那么高不可及……记忆的闸门瞬间打开了，记忆的潮流汹涌包围了丁冬，她想起那次在食堂里他如火的胸膛和通红的脸颊，想起他痴痴仰望彗星的那个夜晚，想起两年来他们相遇时多少次的眼神交流，想起他与众不同的性格和行为，心里虚得不行，时间也仿佛凝固了。

其实经过较长时间的淘洗，丁冬早就感觉到了何一为的魅力，只是她尚来不及细细琢磨，或是琢磨不透罢了。正因为琢磨不透，所以才更吸引人。很多时候都是这样，当你对一个人琢磨得太透时，也许他的魅力正在悄悄消失。

在那个瞬间，丁冬意识到自己已经逐渐成熟了，轻浮和冒失已从身边溜走，深沉的而不是故作深沉的男人在她的心头占据了越来越重要的位置，而何一为似乎比任何男人都具备这两个字：

深沉！

奇怪的是三年来并没见哪个女孩子疯狂地爱上何一为。也许有人爱过，但丁冬不知道。对于这样一个出类拔萃的人，你不去爱他，这不是天大的罪过又是什么？“老天爷，我们这些自以为聪明的女人真是昏了头！我们到什么时候都不能原谅自己。我们真应该狠狠地甩自己两个嘴巴……”想到这里，泪水盈满了丁冬的眼窝，然后混合着雨水往下滚落。

直到这时，丁冬才算明白了她刚才突然的、神经兮兮的举动。

无疑，她要寻找的正是何一为。此刻，已经被冰冷的雨水浇灭的激情再一次在她的体内膨胀，巨大的幸福感几乎将她击垮。她扶住身边一棵幼小的松树，仿佛在汪洋中抓住了一根救命稻草，然后大口大口地喘气。她想到，在此之前，她所有的爱情经历都好像是一场缺乏实质性内容的预演，那一切都不过是为了迎接这一刻的到来……

又一个闪电照亮了他们。何一为缓缓站起来。黑暗中，他的眼睛闪耀着异样的光彩。

后来，何一为终于承认，他封闭已久的心灵也是在这个时刻打开的。

“你……你在这里干什么？”丁冬抢先发问。她怕何一为问她，因为她不知道该如何回答。

何一为向前移动了两步。丁冬也向前挪了两步。他们的姿势就像去

朝圣一样。愣了愣，何一为说："我在等待。我也不明白我在等待什么，我只是等待。"

天哪！他仍然在等待。在这样一个少见的风雨之夜，他等待，她寻找，难道这不是上苍有意安排的吗……泪水在丁冬的脸上汇成了小河，她看不清何一为的脸，但她觉得她听到了他咚咚的心跳，他的心跳像被擂响的小鼓那样。随后，她跌跌撞撞奔向何一为，犹如一个被抽走了骨头的人，软软地倒在了他的怀里，他用坚实的臂膀托住了她。

"你一定是在等我。"丁冬抽泣着说。

"……我也说不清楚。我仅仅是在等待。真的，我说不清楚……"何一为好像很吃力地说。

"不，我不想听你说这样的话……"丁冬伸手去捂何一为的嘴。

何一为的热泪滴落在丁冬的脸上。他柔柔地叫了一声："丁冬。"他一定是被丁冬感动了。丁冬说："我爱你。"何一为说："我也爱你。"又说，"我没想到你会这样爱我。"

接下来，他们像是听到了同一个命令，双双倒在雨水横流的草地上，忘却一切地亲吻。雨水和着泪水在他们脸上肆意流淌，他们嘴里满是甜蜜的水珠。再后来他们抱得更紧。他们边疯狂地亲吻，边在泥水中用力翻滚，从东到西，从西到东，从南到北，从北到南，就像压路机的轮子反复碾过新铺的道路那样。

不知过了多长时间，雨停了，风也停了，天上露出了亮光，四周一片寂静。他们都累得没有一丝力气了，舌头发麻，说不出一句话来；浑身上下满是泥水，仿佛刚刚从地底下钻出来似的。他们互相看着对方，都觉出了对方的陌生和可笑。何一为很困难地抱起丁冬，来到他先前坐的那张快要散架的竹椅跟前，坐好。竹椅摇晃了一阵，发出难听的响声。

他们好一会儿没说话。其实何一为这时的情绪已经发生了微妙的变化，但丁冬没有察觉到，她仍旧沉浸在巨大的幸福之中。何一为替丁冬擦了擦脸上的水珠，喃喃地说："丁冬，你知道吗？你是第十三个向我表示好感的女孩子。"

丁冬的脑袋轰轰地响了一阵。十三，是个不吉利的数字。突然而至的恐惧感令丁冬无言以对。但她并没有深想，一个无比幸福的人，在无比幸福的时刻，怎么可能想到灾难呢？

然而，灾难迟早会来。

何一为和丁冬相拥着，一直到曙光初现。

天亮了，昨夜的一切都成了过去，何一为又恢复了先前的神态，仿佛什么都不曾发生过。丁冬说："一为，你累了，上午就别听课了，好好睡一觉。"

临分手时，丁冬又说："一为，我爱你，我永远爱你，请你不要忘记我。"说完，她踮起脚尖，轻轻吻了一下何一为的脸颊。何一为嘴角动了动，没有说什么。

此时的丁冬仍然没有想到灾难迟早会来临。丁冬甚至没有察觉到何一为的情绪已经发生了明显的变化。短暂的激情过后，何一为立即平静下来，像一堆被大水熄灭的火焰。而丁冬还像小时候那样粗心，这使她在以后的日子里备感惭愧。

丁冬心里揣着一份甜蜜走了。

何一为默默望着丁冬小巧结实的背影在远处消失，他轻轻叹了一口气，觉得刚刚过去的这个夜晚像一个沉重的梦，沉重得让他透不过气来。

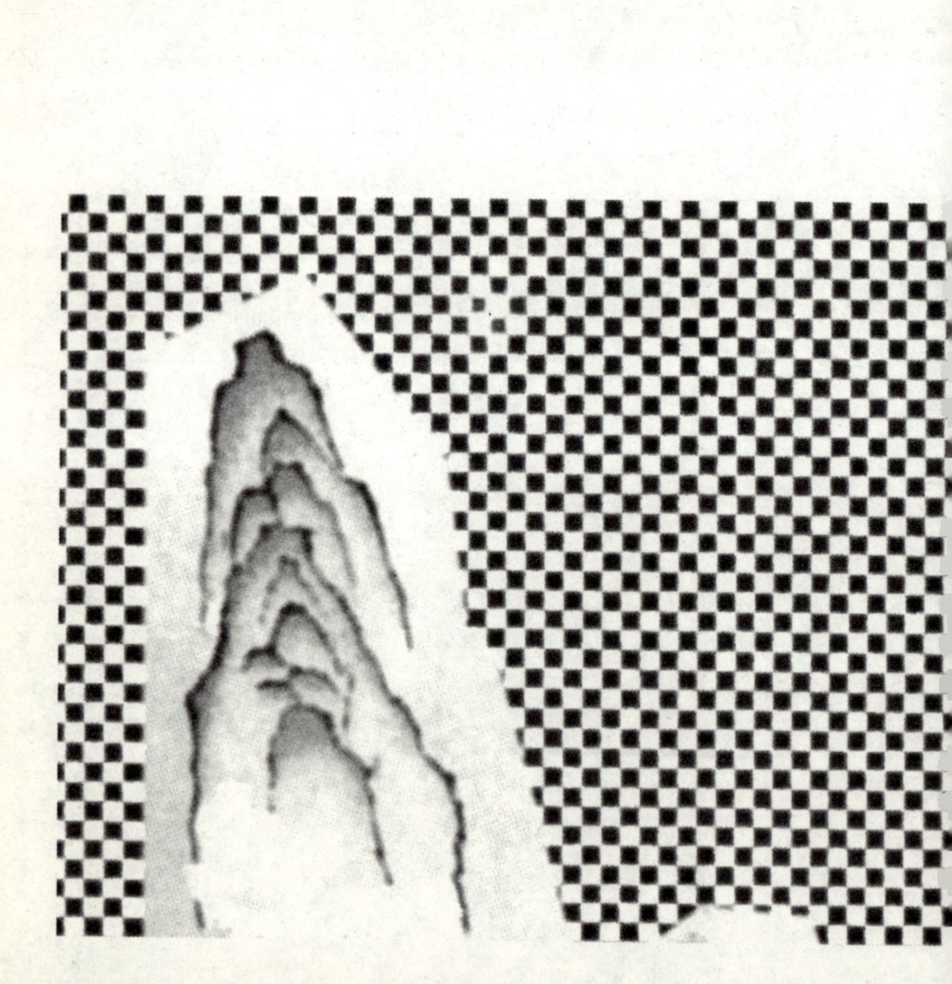

4

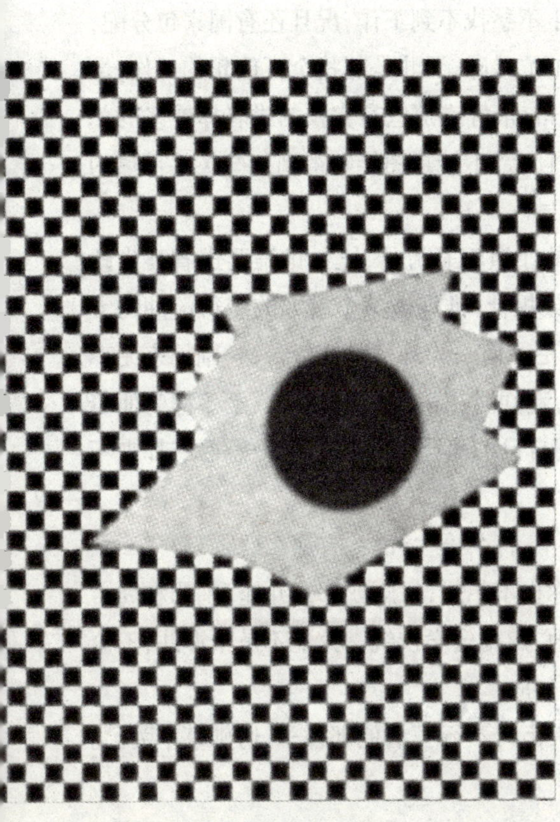

很快就要毕业了。

毕业生们到处托门子找熟人联系工作，有的几乎到了不吃不睡的地步。其实那个时候的大学毕业生不愁找不到工作，况且还有国家包分配，保证掉不到地上。大伙之所以忙忙碌碌，无非是想找个更理想的工作，最好留在省城或是去沿海的大城市，最好进那些有实权的或者挣钱多的单位。大家十多年寒窗苦读，图的什么？不就是图能够得到这些炙手可热的东西吗？

那段时间，每天都有大量的小道消息流传，比如谁谁要进省委省政府机关，谁谁联系好了电视台或报社，谁谁被某个官办的肥得流油的大公司挖走了，等等等等，不一而足。何一为却稳坐钓鱼台，一副闲来无事不管不顾的样子，哪儿也不去，就知道在宿舍里看小说。丁冬都为他着急，说："关键时刻，你怎么不把自己的事当回事呢？到时候后悔都来不及！"

何一为目光仍停留在书本上，打个哈欠，说："有那么严重吗？"

丁冬耐着性子说："一为，你也不想想，好庙就那么几座，别的和尚占了，你再去哪里找吃斋念佛的地方？指望学校统一分配不是个办法，不论什么事情，只要一搞统一就不好办。"

何一为说："得了，我去扫大街行不行？"看他那样子，仿佛事不关己。

丁冬给他气得牙根疼："何一为，你不食人间烟火，与这个时代太格格不入了。听我的，你最好到一个衙门去，没准能混出个名堂来。"

何一为古怪地笑了笑，说："是嘛，我能混出名堂？可我怎么没感觉到？"

丁冬仿佛不认识似的打量了何一为好一阵子，咬牙切齿地说："何一为，你是一个不可救药的人！"

这句话仿佛是一个谶语，说过之后，丁冬禁不住打了一个寒颤。

丁冬发誓不再过问何一为的事情。

其实自从经历过那个暴风雨之夜以后，何一为和丁冬的关系就开始降温了。给人的感觉是，他们的爱情来得快，去得也快。最要命的是，和丁冬在一起时，何一为居然难有激情产生。他甚至连吻都不再吻丁冬一下。丁冬想，难道是他感到羞涩吗？他不应该这样的呀。她很想问问他，到底怎么回事，但她终究说不出口。

有一点可以肯定，何一为并不讨厌丁冬。除了丁冬之外，他不和任何女生来往。而在丁冬心里，她还是爱着何一为的，像那个激情澎湃的暴风雨之夜那样。这份爱很难割舍了。

好在这时候已临近毕业，几乎所有的谈情说爱者都降低了爱情的温度，把主要心思放在了毕业分配上。丁冬也是如此，所以她并未去深究她和何一为的感情到底出了什么问题。

丁冬反复告诫自己,只要胸中装着爱,就能摘到爱情的果实。

她还是过高地估计自己了。

她想她应该在毕业之际,认真问一问何一为,他到底还爱不爱自己。然而,没有等到她提出这个看似简单的问题,他们就毕业了,各奔东西了。不过她不怕,她有的是耐心。她想,时间会证明一切。

夏天,最炎热的时候,他们这一届同学挥泪道别。丁冬留在了省城,到一家青年报社当编辑。她终于可以舒口气了。

何一为和丁冬分别时,神秘地塞给了她一张纸条,上面写道:“我厌倦这座城市了。我决定到一个山清水秀的地方,当一名乡村教师。”

看过纸条,丁冬苦笑了一下,顺手把它扔进了路边的垃圾筒。她想这家伙的脑袋确实有点毛病。不过,丁冬相信,神经兮兮的何一为还会回来的,他会败得一塌糊涂,而后死心塌地地留在这个城市里,选择一种大家彼此都能接受的生活方式。在他们的同学里面,像何一为这类神经兮兮的人,还有几个。

何一为当然会说到做到。他选择了南边的云水县。云水县离省城不是太远,有一年学校组织郊游时他们曾到过那里,那地方确实山清水秀,风景迷人,像一片未开垦的处女地。

丁冬预想的情况果真出现了——两个月后,大街上刚刚有落叶飘舞,何一为就风尘仆仆地回来了。他的头发和胡子已经有些日子没收拾了,这对于极其爱好整洁的何一为来说,是不可思议的。

他步履沉重地走下长途公共汽车。这使他想起,四年前,他就是这样走下公共汽车的。他和那时候一样,对前途感到茫然。城市拥挤不堪,他却感到面前空茫茫的。偌大一个省城,他居然连个藏身的地方都没有!

好在还有丁冬。丁冬是他惟一的希望和寄托。

离别两个月，何一为只给丁冬写过一封信。是在他刚到云水县的头一个礼拜写的。他在信中动员丁冬，最好辞去报社的工作，同他一样，到这个山清水秀的地方，干一件实实在在的事情。他说，人生苦短，干件有意义的事情是对生命的最大的尊重，在一家小报社当一个无足轻重的小编辑，太没意思了。

他在信封上并没有留下他在云水县的具体地址，所以丁冬想给他回封信都办不到。

何一为去青年报社找丁冬。丁冬见他一副疲惫至极的样子，吓了一跳。随即她哈哈大笑，是那种幸灾乐祸般的笑。丁冬故意用尖刻的语气说："乡村教师同志，别来无恙乎？"

何一为说："我很好，谢谢。就是……就是工作没落实。"

丁冬说："那么一个山清水秀的好地方，多迷人呀；没准儿还有漂亮的山村女教师等着和你喜结良缘呢！……"

何一为有点理屈词穷，尴尬地笑笑。丁冬心突然软下来，递给他一杯茶。他一饮而尽。

他一连喝下三杯茶，是那种装雀巢咖啡的杯子，又高又大。丁冬又跑到报社门口的包子铺，给他买来一斤猪肉包子。他狼吞虎咽，连斯文都不顾了，风卷残云一般把它们统统消灭光了，弄得半张脸都油乎乎的。丁冬喜欢这个样子的何一为，饶有兴味地看他吃。她觉得这个时刻的何一为显得更真实，也更实在。她喜欢他永远都是这种状态。

吃饱喝足之后，何一为提出去理个发，洗个澡。丁冬陪他到不远处的一家洗理中心。她耐心地坐在大厅里等他。他好好收拾了自己一番，走出洗理中心时，他又变成了先前的那个何一为，精干，讲究，深沉，帅气。

他们来到街心的小花园里，找个地方坐下。何一为给丁冬讲事情的原委。

两个月前，何一为兴冲冲地来到云水县教委，把自己的毕业证呈上，并谈了自己的想法。然而，教委的领导开始根本不相信他说的话，他们怀疑他的毕业证是伪造的，他本人是个骗子，要不然，堂堂省城名牌大学的毕业生为何到一个小县城来？要么就是他的脑子有毛病。后来他们往省城的学校挂了电话，核实了情况，才算相信了。他们打算把他留在县城一中。但何一为坚持去一个偏远的乡村，越远越好。在他再三要求下，他被分到了离县城四十公里远的小店子中学。

"我非常喜欢那个地方。"何一为说，"青山高绿水长，白云飘飘，炊烟袅袅，还有牧童的歌声，真是太迷人了。但是，我很快发现，那地方总和我隔着一层东西，表面上他们对我客客气气的，其实他们根本不相信我会在那里长期干下去。老校长开始不给我安排课，在我再三要求下，才让我教初三数学课。第一次上课时，课堂里乱极了，原因是学生一听我说普通话就发笑，他们甚至公然拿腔捏调取笑我。下课后，几个老教师提醒我说，我的课讲得太深奥，学生们根本听不懂。老天爷，课讲得深一点有什么不好？我真不明白他们是怎么想的。而且，那里的人太不讲究卫生了，大多数人甚至都不刷牙。有一天，老校长请我吃饭，找来乡里的几个干部作陪，他们居然连手都不洗，伸手抓起鸡腿就大嚼大咽，有的人边吃边往我脚底下吐痰……想来想去，我决定暂时离开那个地方。不过，以后我还会回去的，我非常喜欢那个山清水秀的地方，牧童的歌声太迷人了……"

不过，何一为在讲述时隐瞒了一个重要的细节。

小店子中学有一位教政治的女教师，姓邱，长得膀大腰圆，二十六七岁了还没有成家，住在教室后面的小平房里。何一为到达学校的第二天，她就来他的宿舍串门了。学校照顾他，专门腾出一间堆放杂物的小房间作为他的单身宿舍。她很热情很在行地帮他收拾房间，在发灰脱皮的墙壁上贴上画报和报纸，使这个原本不像样子的破旧的房间顿时焕然一新。她还替他准备生活用具，教给他一些山区生活的常识。使初来乍到的他备感温暖。过了一段时间，他们混熟了，女教师由白天串门改成了晚上串门。她给何一为讲她的过去，说她由民办教师混成公办教师是多么不容易。说着说着就掉下几滴眼泪。她往往穿的比较单薄，她一低头，何一为就能看到她肥硕的胸脯，像两个足有一斤重的白面馒头，太惊人了，简直令他眼花缭乱，心旌摇动。山区的电压低，电灯泡发红，屋里的光线不足。红彤彤的灯光下，女教师显得比白天漂亮许多。事情已经很明显了，女教师看上他了。可他并没有察觉。直到有一天，校长的老伴来找他，老太太扶着门框说："小何呀，小邱那人咋样？"他说："挺好的。"老太太说："俺觉得也挺好，干脆呀，你们两个把铺盖搬到一块，好好过日子吧。"他这才明白过来，简直吓坏了，脸上像着了火，说："这可不行……我还没做好成家的准备呢。"老太太扑哧一笑说："你都二十好几了，身体又棒，夜里不搂个女人能睡踏实？老江(校长)十七岁那年就把俺给作践了，在小树林子里。那老东西，像头野牦牛……”从那以后，他开始躲着女政治教师。夜里睡觉，把门闩得死死的，生怕谁闯进来。他离开小店子中学时，那位女教师哭得像个泪人一样……

他仓皇离开云水县，与这件事情有一定的关系。他担心自己不走，会落入女教师小邱的怀抱。在灯光下，她还算美丽，尤其性感。他竟然有点不能自持了。而在以前，在任何女人面前，他都没有获得这样奇妙的感觉。真是太奇妙了……

说到最后，何一为晃着拳头说：“丁冬，请你理解我，我还会再回去的。我真的很喜欢那个山清水秀的地方，牧童的歌声太迷人了……”

丁冬打断何一为的话，说：“你不要再说了，我早知道会有这一天的。你还是面对现实吧！”

何一为重新变得迷茫起来，目光闪闪烁烁，难以捉摸。

DuJiaoShou

像纸片一样飞

4

36–37

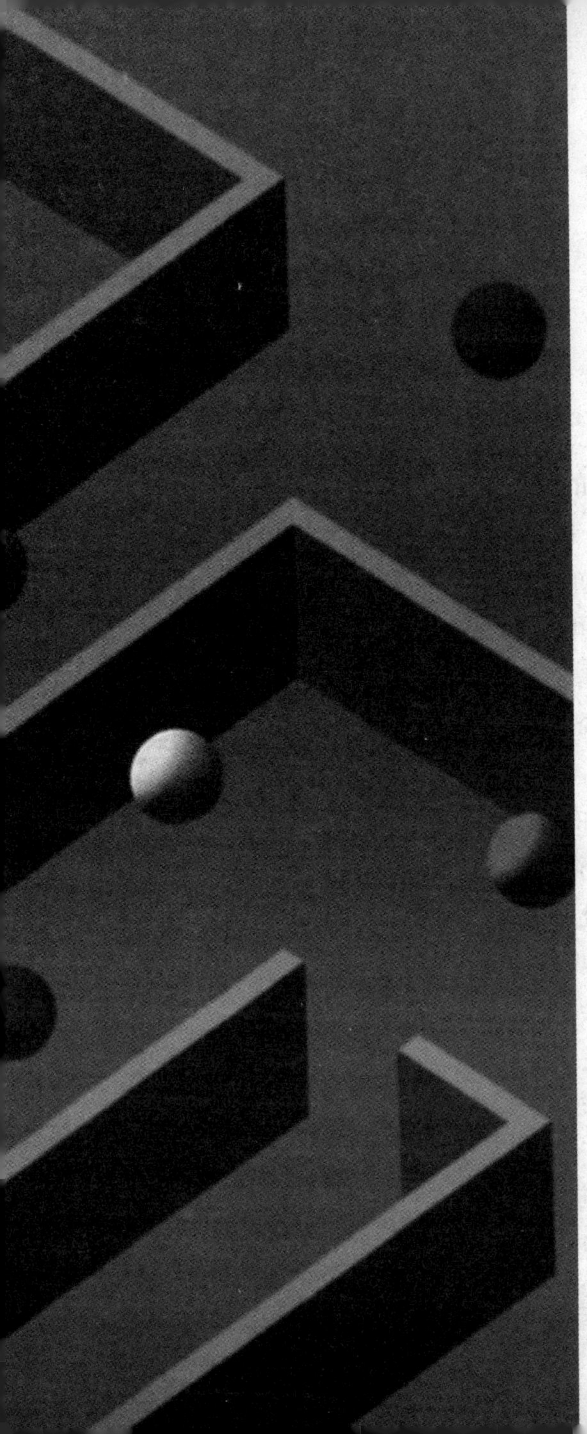

DuJiaoShou

像纸片一样飞

5

38–39

5

何一为踏上了自谋职业的艰难征程。丁冬想办法给他找了个暂住的地方。天一亮，何一为就爬起来，怀揣毕业证，在省城的大街小巷奔走，到那些他认为人家会喜欢他的单位联系工作。人家都很热情、客气，但最后均表示今年进人的名额已经用完了，希望他另谋高就。接连碰了几鼻子灰后，何一为感到岂有此理。他想："我为人正直，学业优秀，堂堂正正的名牌大学毕业生，难道我已经到了连个饭碗都找不到的地步了吗？这个世道到底怎么啦？"

他不相信。所以仍然不知疲倦地奔波。每一次失望之余，他就觉得自己简直成了一条无家可归的狗。但是，他不后悔，他认为自己所有的选择都是有道理的，事实终究会证明这一点。

倒是有一家单位愿意接收何一为。这家单位是刚成立的一家财经类杂志社，挂靠在省计划委员会。据接待他的总编介绍，随着改革开放的不断深入，财经类的出版物肯定会有一个大发展的机遇，在这里干上几年，混辆车子坐，混套房子住应该不是奢望。何一为明确表示，他只关心工作环境是否令他顺心如意，至于房子呀，车子呀，票子呀，他不在乎。他什么时候在乎过这些身外之物？总编一听他不在乎待遇，更是乐不可支。可就在何一为决定留在这家杂志社工作时，他看到了他的一个名叫陈大亮的同班同学从门口一闪而过。他问总编，陈大亮也在这里工作吗？总编说，陈大亮是一编室刚刚竞争上岗的副主任，小伙子干得不错，你到一编室跟着他干怎么样？你们还是同一届的校友呢，工作上好配合嘛。

何一为简直都不知道该说什么好了。他苦笑了一下，摇摇头说，他回去再考虑考虑，然后给总编打个电话来。他苦笑着往外走，心想这个世界看着很大，其实挺小，挺滑稽。他怎么能和陈大亮这号人在一个单位工作？陈大亮是他们班里最让何一为瞧不起的一个男生。陈大亮坑蒙拐骗，假话连篇，相貌丑陋，心理阴暗，全班同学绝大多数人不和他来往，让何一为和他一个单位工作，而且还要归他管，简直是笑话！他何一为就是饿死街头，也不会和陈大亮到一只锅里舀饭吃！何一为刚走出杂志社的大门，就迫不及待地把总编给他的那张个人情况登记表塞进了路边的垃圾箱里。

这天下午，又有一家单位拒绝了何一为。站在马路边，望着熙熙攘攘如蚁群般的人流车流，他感到了彻骨的寒意。想起自己二十多年来颠沛流离的生活道路，再想想难以预测的未来，他差一点落下泪来。

愣了好长一段时间，何一为重新打起精神沿着宽阔的马路往前走。他已经没有任何目标了，两腿只是机械地迈着沉重的步子向前移动。后来，他看到了一座刚刚装饰一新的六层高的写字楼，楼顶竖着一块巨大的招牌，上面写着“海天实业总公司”几个醒目的大字。

海天公司在省城的名气颇大，何一为以前曾听人说起过，也曾看过报纸上的介绍文章。有一阵子，省城的大报小报不断地登载有关海天公司的消息。该公司还曾独家赞助过一场国际乒乓球友谊赛，很多国际上知名的乒乓球明星都来参赛了。虽然海天公司成立的时间不长，仅有四年多的时间，但它业务发展很快。这是一家民营公司，做房地产生意，捣腾汽车、电脑电器什么的。公司总裁是位三十岁左右的女人，她年纪轻轻的就成了著名的实业家，本市很多人都知道她的名字。

她的名字叫苏文。

何一为在海天公司的门前立住了。他决定进去试试。他对自己说："这是最后一家了，如果再不行，我就回云水县小店子乡，踏踏实实在那儿当一名乡村教师，终生和一帮乡下孩子为伍。当一名乡村教师有什么不好？那个地方山清水秀的，多迷人哪……还有那个极其性感的邱老师，也是个热心肠的人，身上洋溢着大自然的气味儿，城里有这样的女人吗？……"

何一为理理纷乱的思绪，整整有点凌乱的衣衫，牙一咬心一横，就要往海天公司的大门里走。恰在这时，突然跑过来一个满身脏污的小男孩。小男孩也就是八九岁的样子，瘦得像只猴子。小男孩拦在何一为面前，惨兮兮地说："叔叔，俺家的房子被大水淹了，爹死了，娘改嫁了，没人管俺了，俺快饿死了，你行行好吧。"

小男孩边说边伸出炭棒一样的黑手朝何一为要钱，眼里含着泪光。

小男孩的不幸遭遇一下子打动了何一为，他伸手就往兜里掏钱。但随即又犹豫了，因为他的兜里只剩下十块钱，这是他最后的财产了，而且又是一张整钱。这些天他一直花丁冬的钱，他实在不愿意再张口向丁冬要钱了。丁冬待他太好了，可他感觉他们之间已经不会再有爱情了，只剩下了亲情和友谊。像兄妹那样。他和丁冬只有过一夜的爱情，更多的是精神上的,而非肉体上的,天一亮雨一停,那份爱情就烟消云散了。就像流星划过夜空,虽然有夺目的光彩,但它太短暂了。他也说不上到底是怎么回事。他只凭感觉办事。他现在最担心的就是欠丁冬太多,而他又无力报答。所以他目前最重要的事情就是想办法离开丁冬,逃离她的关爱,最起码经济上不能再依靠她……

小男孩看出了何一为的窘状,提醒他说:“叔叔,可以换开嘛。”

何一为说:“是的,这个主意不错,可以换开。”他扫了眼路边一个卖书报的小摊,刚要抬腿过去换钱,突然又改变了主意。何一为十分严肃地对小男孩说:“小朋友,即便我把这十块钱全部送给你,它至多能买三斤包子。吃完这三斤包子,你不还是照样挨饿吗?”

说完,何一为困难地摇摇头,然后走开了。小男孩鄙夷地望着他。他边走边想:“瞧啊,连乞丐都他妈的嘲笑我!”不由又是一阵沮丧。

走进海天公司接待处时,何一为平静了一下自己的内心,重新摆出一副深沉、潇洒和干练的模样。接待处明亮的办公室里只有一位十分漂亮的小姐,看她的年龄不超过二十岁。这位漂亮的小姐令人感到赏心悦目。你只要看一眼这位小姐,就会知道海天公司是一家相当有档次的公司,而不是街头随处可见的皮包公司。在当时,皮包公司几乎成了过街老鼠,有人对它异常痛恨,有人靠它发了财。

小姐彬彬有礼地站起身迎接何一为,甜甜地说:“先生，您有何贵干？”她大概把何一为当成了前来联系生意的客户。

何一为简明扼要地说明了来意。小姐认真看了他一眼，接过他的毕业证，又仔细看了看上面的照片，然后托腮想了想，微笑着说：“何先生，您稍等一下，我去去就来。”

小姐娉婷着腰身袅袅出了门，她飘摇的裙摆带出一股香风，令何一为的头脑清醒了许多。他想，和外面喧闹的世界相比，在这个优雅洁净的地方拥有一份职业，该是一件多么令人幸福令人垂涎的事情啊！

片刻过后，小姐返身回来，将毕业证递给何一为，很抱歉地冲他耸耸肩。何一为知道情况不妙，脸上火辣辣的，仿佛又挨了一记耳光。他极力控制住自己灰暗的情绪，装作满不在乎的样子，起身礼貌地告辞。小姐又在他身后说：“何先生，我想，您会找到一份好职业的。祝您好运。”

何一为忍不住说：“您是在安慰我吗？”

小姐缓缓地摇摇头，用坚定的语气说：“不是。我一眼就看出来了，您具有很高的素质。您有资格到这个城市里的任何好单位上班，只要您愿意。”

何一为大受感动，连声说：“谢谢！谢谢您的吉言。”

小姐口齿伶俐地说：“何先生，我叫王静，在海天公司负责接待工作。以后随时欢迎您来海天公司做客。”她率先伸出手来，大大方方地递到何一为面前。何一为也潇洒地伸出手去，和她轻轻握了一下。然后，他利利落落地告辞。

因为受到这位王静小姐热情的鼓励和安慰，何一为心里泛起一股久违的暖流。

可是，他毕竟再一次遭受了失败。瞬间的温暖无法化解骤然而至的寒意。

何一为沿着光可鉴人的走廊往外走，内心重又充满了焦虑和无奈。在楼梯口，他遇见一个三十岁左右的女人，她个头不高，齐耳短发，戴一副小巧精致的眼镜；一身黑衣黑裙，装扮朴素而典雅，气质绝对与一般的女人不同。何一为还注意到，凡是见到她的人都对她毕恭毕敬。她的目光在何一为脸上短暂地、专注地逗留了一下，然后又飞快地移开了。

就是这个瞬间，改变了何一为未来的生活轨迹。但这时他和这位穿黑衣黑裙的女人都还没有意识到。

走出海天公司的大楼，何一为心事浩茫，满面忧戚。此刻正是下午四点多钟光景，深秋时节的马路上冷风阵阵袭来，黄叶飘零，沙尘扑面。这幅惨淡的景象使何一为更加感到孤独落寞。他艰难地行走了一段，觉得自己再也没有力气了，一步也走不动了，就在一幢建筑物前面停住，找个干净点的台阶坐下。现在他终于明白，这座城市没有他的落脚之地，也许他原本就不适合在这儿生活。既然如此，不如彻底与它告别，回云水县小店子中学也行，到南方的开放城市去闯荡闯荡也行。他曾听丁冬讲过，他们这一届不少同学毕业后去了广州深圳和海南。他们能去，我为什么不能去……再说，即便哪儿都不去，回五百里外的那座小县城也可以嘛，那儿毕竟是他如今的故乡，他的苦命的母亲仍在那儿生活……条条大路通罗马，他不能在省城这棵树上吊死。

想到这里，他抖擞精神站起来，挺了挺腰杆，向陌生的人群走去。他打算马上找到丁冬，和她商量一下，然后再做出最后的决定。丁冬肯定不希望他离开省城，但他必须要离开了。也许两年后他还会回来，如果丁冬有耐心，她不妨等下去；如果她不愿舍弃他，也还可以跟他一起出去闯荡。他早就说过，在一家小报社工作，是毫无意义的，纯粹是浪费生命。

来了一辆小公共汽车，正好去丁冬所在报社的方向，何一为赶紧挤了上去。

何一为并不知道，他刚刚钻进汽车，那位叫王静的海天公司接待员就追了过来。王静大声喊他："何先生！"他没有听到。路上太嘈杂了。即便他听到有人在大街上喊"何先生"，他也不会想到是在喊他。除了刚才在海天公司明亮的接待室里，王静叫过他几声"何先生"之外，他长这么大，从来没有人称呼过他"先生"。

小公共汽车鸣着喇叭，横冲直撞地前行，眨眼就消失在汹涌的车流里。刚才王静只看了几眼何一为的毕业证，并没想到以后还会和他联系，如果这时候王静放弃追他，他以后的命运就会是另一种样子。

偏偏王静没有放弃。所以说，王静是他命运中的一个不可或缺的人物。

王静伸手招拦出租车，可是过来了几辆，上面都有客。她急得直跺脚，急出了一头汗。终于拦住了一辆，她急急忙忙往里钻，头被车门框碰了一下，碰得眼冒金星。她忍着眼泪央求司机去追那辆蓝颜色的小公共汽车。

王静乘出租车追何一为的时间也就是二十分钟，她后来对何一为说，她觉得那段时间长得像有二十年。她最怕何一为坐一两站地就下车，让他钻进茫茫人海，她这辈子恐怕都找不到他了。幸好，去丁冬所在的报社有八九站的路程。

何一为刚下车走了没几步，王静就赶到了。她扔给司机二十元钱，说一声“甭找了”，就跳下车来。她几乎虚脱，后背上全是汗。

“何先生！喂，何先生，请等一等！”

何一为继续往前走。他仍然想不到会有人在大马路上呼喊他。直到王静气喘吁吁追上他，他才眼睛一亮，说：“是你叫我吗？”

王静捂着心口窝说：“谢天谢地，可让我追上你啦！”

何一为仍是不解其意。王静说：“你还愣着干什么？跟我回公司吧。你刚刚离开，我们总裁突然找到我，让我立即把你请回来……”

何一为明白过来，感激地冲王静点点头。但他一时不知道该说些什么。

王静又说：“何先生你好福气。我们总裁正在办公室等你。请你去一趟好吗？”

何一为说：“是你们总裁叫你来找我的？”

王静说：“是的。是她叫我下楼的。这种事情以前从来没有发生过。不过呢，追你这一程是我自己的主意。”

何一为觉得挺有趣：“如果你不追呢？”

王静微笑着说：“那咱们今生今世难再相见。您信吗？”

何一为突然觉得心口一热。这话让他好生感动。他的眼睛竟然有点湿润了。愣了好一会儿，他才说：“是的，我相信。”

他这副深沉而动情的模样一定感染了王静，王静俏丽的脸庞愈发红润。

何一为平静一下自己，说："王静，你不知道，我原本已经打算离开这个城市了，就在刚才，我发誓谁请我都不去了。可是现在，我决定改变主意，跟你回去见见你们的总裁。"

听他一说，王静高兴地伸出手来。两只手紧紧握到了一块。

独角兽丛书

DuJiaoShou

像纸片一样飞

5

48-49

独角兽丛书

就这样,何一为在山重水复疑无路时,柳暗花明地迎来了他的又一村。他成了著名的海天公司的一名普通职员。他不知道以后会怎么样,他只关心现在。现在,他很满足。这就够了。

丁冬似乎比他还要高兴。丁冬一个劲地叮嘱他,既然找到了一个不错的单位,就要珍惜这个来之不易的机会,她不希望他将来能出人头地,有多大作为,只求他一生平平安安。她认为,历经沧桑的何一为已经经不起折腾了。

何一为还能说什么?他发现,二十三岁的丁冬就像个四十三岁的中年妇女,越来越爱唠叨了。丁冬想亲自送他去海天公司,他坚决地拒绝了。临走前,丁冬眼圈红了,眼泪涌出来,猛地扑到何一为怀里,抽抽搭搭哭开了。他们已经有很长时间没有这种亲昵的动作了,何一为感到说不出的别扭,心想你哭什么,又不是生离死别。丁冬死死抱住他的脖子,冰凉的泪脸贴在他火热的脸上,泪水一股脑儿灌进了他的脖颈。她说:“亲爱的,请你记住,我永远爱你。”

何一为无言以对,苍白着脸抚摸了一下丁冬的头发,然后轻轻推开丁冬。他一句话也没说。他能说什么?他心里想的是,干吗老把个爱字挂在嘴上?须知爱是藏于内心才珍贵,天天把爱字挂在嘴上的人,你反而需要警惕他。

何一为扛起自己简单的行李，几乎是逃也似的离开了丁冬的报社。他头也没回。

丁冬站在报社的门口，望着这个她有生以来最爱的男人钻进一辆小公共。她的心都要碎了。她已经预感到了结局。结局肯定是不妙的，但她不会死心。

公司让何一为到计划财务部上班。令何一为感到不快的是，他的直接上司不是别人，正是丁冬先前的男朋友、经济学硕士汪家林！何一为第一天正式上班，王静带他去见本部门的同事和上司。王静指着一位戴眼镜的中等个头的男人说："这位是汪家林主任，你的直接领导。"

何一为不由愣住了。真是山不转水转，水不转路相连，他居然和汪家林混到了一起。这个世界太奇妙了，何一为差一点就爆发出笑声来。

在学校时，何一为和汪家林并不熟悉。他们发生联系，自然与丁冬有关。丁冬和何一为建立恋爱关系后，当机立断地和汪家林拜拜了。听丁冬说，汪家林得知丁冬真要和他"吹灯"后，什么也没说，黑着脸就离开了她，连声再见都没说。而且以后在路上相遇，干脆连招呼都不打，仿佛压根儿不认识似的，可见汪家林这人的心肠够硬的。不久汪家林就毕了业，即便是丁冬也不知道他后来去了哪里。但现在，命运却把他们两个"情敌"安排到了一起。何一为感到太不可思议了。

显然，汪家林已经知道何一为要来，有了心理上的准备，所以表现得非常镇定，客客气气地主动上前与何一为握手,连连说:“欢迎欢迎。”

何一为慌忙道:“汪主任,我们见过面。”

汪家林哈哈一笑:“岂止是见过面,我们是老校友嘛!”

王静不明底细,拍拍巴掌说:“是嘛,那太好了。祝你们合作愉快!”

起初,何一为处处提防汪家林,生怕汪家林给自己穿小鞋。尽管丁冬当初和他“吹灯”与何一为无关,但如果按照常规的理解,汪家林肯定认为是何一为挖了他的墙角。何一为不愿因为这件已经过去的事情和汪家林闹别扭,主要是他暂时还不想丢掉这份来之不易的工作。何一为有时想,他不可能在这种地方干一辈子,海天公司并不是他理想的归宿,但他现在还不想走。

何一为小心翼翼地处理着他和汪家林的关系。汪家林也从未提起那件事情,仿佛压根儿就没发生过什么。直到有一天,汪家林喝多了酒,才扯起了那个话题。

汪家林带何一为去陪一个香港来的客户吃饭,不知怎么就喝多了,何一为送汪家林回家的路上,汪家林抓住他的手,喷着浓浓的酒气说:“老弟呀,还记得丁冬吗?那女人脾气不好,太倔,对任何事情都特敏感。还有,她太开放了,谁的床都敢上,我认识她第二天就把她给办了,她居然一点都不拒绝……找这种女人做老婆,你就等着戴绿帽子吧……当初我早就想甩掉她,一直甩不掉,被她死缠着,多亏你老弟帮了我一把,接管了她……”

何一为想反驳汪家林,他不愿意听别人说丁冬的坏话。可他一时拿不准汪家林话里的意思,就忍住了。他告诫自己,应当保持沉默。

“她呀,和苏文简直没法比,差远了!”汪家林又说。

在公司里,很少有人敢对总裁苏文直呼其名,汪家林是个例外。何一为已经注意到了，看来他们关系不一般。

何一为接上说："汪主任，苏总当然很优秀，这是公认的。但丁冬也是一个不错的女孩子。"

汪家林一愣，打个酒嗝："嘿，你小子蛮讲情义的，行，好样的！"

这次谈话之后的第二天，汪家林又把何一为叫到他的办公室里，先布置交待了几项工作上的事情，又吞吞吐吐地把话题扯到了丁冬身上。汪家林说："老弟，昨晚我多喝了几杯，说了几句丁冬的坏话，你不会介意吧？"

何一为摆摆手说："汪主任您放心，我不会把玩笑话当真的。"

汪家林说："这就好，这就好。其实呢，丁冬这女孩子还是相当优秀的，纯情、贤良、聪颖、善解人意，这年头，这种女孩子不多了。唉，看来我是没那个福气了，你比我幸运，好好和她交往、发展吧。"

何一为忙说："汪主任，我和丁冬目前只是一般的朋友关系。我来公司一个多月了，只和她通过两次电话。仅此而已。"

汪家林说："是嘛，那你要抓紧呢，可别让丁冬失望。"

这两次交谈之后，何一为感到汪家林已经不在乎他们之间的那点"过节"，就放了心。可直觉又告诉何一为，汪家林两次谈话两种腔调，看来绝不是单纯地关心他的私事。至于汪家林的葫芦里到底卖的什么药，他一时弄不太清。

总的来说，到海天公司上班后，何一为打算开始崭新的生活，就像四年前离开小县城来省城上学时那样。他总是等待崭新的开始，毕竟希望对于一个人很重要，他就是那种心存希望的人。尽管他清楚，这些年来，希望在他的心中不断地破灭，但不要紧，旧的希望破灭了，还会有新的希望来填补它。许多年来，人不都是这样过来的吗？

每天，何一为都勤奋地工作，把一天时间安排得满满的。到了晚上，他就去公园或街头散步，或是到一个幽静的咖啡馆坐上一阵。他喜欢这种平静的日子，他喜欢在平静中思考问题。他觉得一个经常思考问题的人是世界上最幸福的人。

当然，海天公司的薪水丰厚，他不再像过去那样拮据了。但他认为，他来海天公司绝不是由于看中了它的高额薪水。钱算什么？在他眼里，钱是世界上最不值钱的东西！如果你问他世上什么东西最肮脏，他会毫不犹豫地说："金钱！"一次，挤公共汽车时，他兜里的五百元钱突然不翼而飞。这是他头一次遇到这种事。奇怪的是他一点都不气愤，反而感到有些快意，因为他想到有人比他更需要这笔钱。他对自己说："帮助一个人又有什么不好呢？或许那个人偷了钱去医院看病人呢，他的老父亲或者老母亲得了重症，而又无钱医治……"

还有一次，何一为领到当月的薪水后，猛然想起了那个曾向他讨过钱的小乞丐。小乞丐的不幸遭遇一直令他难过和不安。他二话不说，揣上钱就出了门。他在公司门口的马路上转悠了很久，却没有找到那个可怜的没爹没娘的小男孩。他感到失望极了，在心里说："小家伙，为什么我真正想帮助你的时候，你却不出现呢？"后来他碰到一个拄着单拐的中年男乞丐，那人头发胡子一大堆，几乎把整张脸都埋住了，只露出两只骨碌碌转的浑浊的小眼睛。何一为就问他，是否认识一个八九岁的爹死娘嫁的小乞丐。中年乞丐说认识，那个小崽子净蒙人。何一为掏出一叠钱，先递给中年乞丐五元，说："老兄，这是给你的。"中年乞丐眼睛一亮，飞快地接过钱，拔腿就要走。何一为叫住他，说："你急什么。请你务必把这二十元钱转交给那个小男孩儿，行不行？那孩子太可怜了。谢谢你。"

中年乞丐连声说："行行，没问题没问题。"接过二十元钱就"咔咔"地向远处走去。

一天，在公司门口，何一为终于又碰上了那个小乞丐。小家伙正死乞白赖地纠缠一个过路的中年女人，中年女人大声训斥他滚开，他就是不滚开，一副讨不到钱不罢休的无赖样子。何一为却像见到久别的亲人，兴奋地冲他招手。中年女人借机走开了。小乞丐屁颠颠地跑过来。何一为看到他比先前更黑了，像一块刚烧好出炉的木炭。何一为严肃地对小乞丐说："人都是平等的，不论富人和穷人。刚才那女的不应该态度如此恶劣，真是岂有此理！"

小乞丐听不懂何一为的话，只是伸出手说："叔叔，行行好吧，俺家的房子让大水冲走了，俺爹死了，娘改嫁了……"

何一为赶忙打断他："小家伙别说了，我听了难受。你不就是要钱吗？"边说边往兜里掏钱。真是不巧，偏偏这天他忘了带钱！他摸遍了所有的衣兜，只搜出一分钱硬币！小乞丐目不转睛地盯着何一为，嘴角明显挂着讥笑，好像他何一为是个讨人嫌的乞丐似的。何一为恼火极了，说："一个礼拜前，我曾经委托一个瘸了一条腿的乞丐，让他捎给你二十块钱，你收到没有？"

小乞丐简直像在听天书，木讷地瞧着急出了一头汗的何一为。何一为想了想，大声说：“你等等。”他三步并作两步，跑到办公室，向同事借了一百块钱，然后又折回大街上。但是面前已经没有了小乞丐的影子。他前后左右转了半天，仍是找不到小乞丐，不由感到烦躁恼火。他想都没想，手一挥，将十张崭新的十元钞票撒向空中，顿时引来大批路人的围观，居然有人上前去抢，也有人大声说：“假的！肯定是假的！”

何一为觉得这样的生活很有意思。他认为这是他一生中难得的一段平静的时光，他感到轻松和留恋。

但是不久，这种平静就被无情地打破了。总裁苏文闯进了他的生活。

独角兽丛书

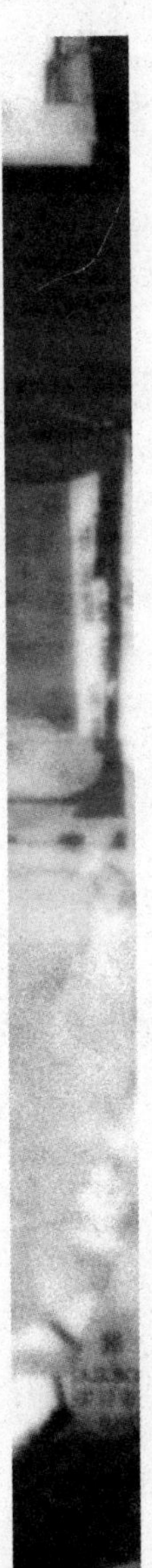

7

在过去的日子里，何一为很少向人谈起他的家庭和他的过去。即便在与丁冬热恋时他也没有牵扯这个话题。他不愿触动它们。就像面对一个伤疤，虽然这个伤疤已经结了痂，但你轻轻一碰，仍会有脓血溢出来，让你感到钻心的疼痛。他试图忘掉它们，但事实证明，他做不到。

何一为的父亲何开良50年代中期毕业于天津南开大学，据说读大学时成绩优异，当过学生会的副主席。后来分到省城的一家研究所工作。头两年，他父亲勤勤恳恳，很快就有几项研究成果面世，加上何开良长相英俊潇洒，口才也好，所以深得领导喜欢，不久就当上了一个部门的小头头。很多人都认为他前途远大。1957年，父亲与母亲结了婚。母亲迟桂花在街道办事处工作，也是本单位的先进人物，这样的家庭应该算是相当不错的了。

问题在于，他的父亲何开良有两个致命的毛病：一则是喜欢高谈阔论，关键时刻管不住自己的嘴巴；二则是喜欢拈花惹草，经常制造点桃色新闻。父亲的这两个毛病在当时的中国是最犯忌的，足以让他一家暗无天日。1957年“反右”时，父亲就差一点被打入另册，幸亏他与研究所的女党委书记有那么一层暧昧关系，才侥幸过关。到了“文化大革命”来临，父亲再也没有那样的好运了，他身负“反革命”加“流氓”两条罪状，先是被批斗，接着全家给下放到五百里外的小县城。到了这时候，父亲仍然“死不改悔”,继续在人前高谈阔论,不断地发表对政策和时局的看法;继续拈花惹草,丑事层出不穷。不久,他们一家又被下放到全县最偏僻的母鸡脑村。

何一为已经到了上学的年龄,渐渐懂事了。家里接二连三的变故使他无所适从。在被世界遗忘的母鸡脑,语言不通,食物粗糙无比,没有人和他玩。他一个人背着书包,沿着曲曲折折的山路,到另一个较大的村子上学。读三年级的时候,他已经学会了小学全部的课程。

对于何一为来说,在母鸡脑的头两年是一段相对平静的日子,苦是苦一点,但远离了恐惧。苦并不可怕,可怕的是恐惧。一个人如果经常被恐惧席卷,那才是暗无天日的生活。

他的父母成了母鸡脑村的普通社员,每天同大伙一起下地劳动。这时,他的父亲可以放心地高谈阔论了,因为母鸡脑村的社员不懂政治, 他们只知道不能让肠胃空着,肚子里没食就要死人。三年自然灾害时,据说母鸡脑村的人口减少了一半。

“林副统帅是个出类拔萃的军事家, 但他未必就是一个成功的政治家,你们等着瞧吧……”父亲口沫飞扬地对众乡亲们说。父亲接着又说:“江青同志年轻的时候确实漂亮,国色天香呐。有人说她是个秃子,戴的是假发,纯粹一派胡言,主席能娶个秃子吗?……”父亲似乎每时每刻都在高谈阔论,他对时局的精彩论断像风沙一样在母鸡脑贫瘠的土地上空飞扬。有社员不解地问他:“老何,操,你不停地唠叨，肚子就不饿吗？”

春天到来的时候，父亲偷偷和地主孙三孬的闺女小翠好上了。孙三孬土改时被人民政府镇压，大儿子参加了还乡团，解放前夕去了台湾，家里只剩下一个瞎眼老婆和女儿小翠。小翠二十七八岁了，是个老姑娘了，长得眉眼周正，白白净净，却一直无人敢娶她，呆在娘家嫁不出去，整天遭人白眼。父亲和小翠在生产队废弃的牛棚里办那种丑事时，被一群割草的孩子发现了。消息迅速传遍了全村，母鸡脑就像过节一样热闹。母亲咋咋唬唬要上吊，其实母亲已经习惯了父亲的毛病，她只是做做样子罢了，真让她上吊那是不可能的。母亲若是当真，十回吊都上过了。母亲被好心的村人劝住，父亲跑到远处的河滩上吹笛子去了。父亲就是这样，每逢高兴的时候或者是难过的时候，他就要吹笛子。他把笛子吹得哀婉动人。村里人说，如果不是看在他曾经是城里人的份上，如果不是因为他会吹笛子，他们就要抓起他来游街示众。多少年了，母鸡脑没出过这样的丑事。

年幼的何一为吓得躲在草垛里，不敢出来见人。草垛里有老鼠钻来钻去，他一点都不害怕。他希望老鼠不要离开他，他想和老鼠们说说话。他觉得老鼠们都比他幸福自在。他一生热爱动物，可能就是始于这个时刻。

当天夜里，地主的女儿小翠悬梁自尽了。全村没有人为她感到悲伤，人们都认为她是理当该死。就连她的瞎眼老娘，也被人搀着到她的尸体那儿，狠狠啐了几口，踢了两脚。一个连脸面都不要的女人，还有什么理由活着？

埋葬小翠的时候，谁也想不到，他的父亲何开良居然当着全村人的面嚎啕大哭，一把鼻涕一把泪的。他面对着目瞪口呆的社员们，悲痛欲绝

地说："小翠呀，嗬嗬，你是无辜的呀！难道你不配得到爱吗？嗬嗬，你应该得到爱的，你太傻了，你干吗要寻死……是我害了你。我还有什么颜面苟且偷生呀……"

母鸡脑人听不太明白何开良的话。有人猜出了他的意思，就笑嘻嘻地说："老何，你这么喜欢小翠，干脆和她一块走吧。"

何开良抹一把眼泪，说："你们太残忍了。上苍会报应你们的。让你们世世代代受穷，就是报应！"

有人不干了，拉起他，说："老何，你得说清楚，到底是谁害死了小翠？你没来咱村时，小翠活得好好的。你一来，就把人家睡了，这丢人的事还不是你惹的！"

何开良说："好好，就算是我惹的。你们把我也埋了吧！……"

这件事情一出，人们都说老何是个疯子。何家的日子更难熬了。

似乎从这一天起，何一为开始感到恐惧，几乎不再和任何人说话，更不与人来往，哪怕是和同龄的孩子们。每天上学放学，为了避开别人，他都不走大路，而是在庄稼地和山沟里绕行。只有他自己知道，他是多么孤独和无助。

初秋的一天傍晚，放学后，何一为背着书包往家的方向走。路过一间摇摇欲坠的机井房时，有一种奇怪的声音传来，好奇心牵着他走了过去。随即他就惊呆了。透过机井房挂满蛛网的破窗户，他看到父亲穿着肮脏不堪的破皮鞋，正和一个半裸着身子的女人抱卧在一起。他一眼就看出那是父亲,因为母鸡脑村没有第二个男人穿皮鞋。何一为听到他的父亲哼哼叽叽、含混不清地说:“可爱的人儿啊,你必须重新树立生活的勇气,不屈不挠……”这个瞬间,何一为感到脑袋嗡嗡地响,几乎站立不住,仿佛世界末日来临,就要天崩地裂了……

那个已经不太年轻的女人名叫戴凤莲,她男人刚刚死了不到一个月,是打摆子死的。出殡那天,何一为远远地看到,戴凤莲哭得几度昏迷。但现在,这个自己男人尸骨未寒、平时在人前说话都脸红的女人,居然和一个名声坏极的流氓跑来干这等丑事!而且这又是多么令人恶心的地方啊!房子即将倾坍,蛛网密布,墙角还有两摊黑糊糊的干粪便,成群的苍蝇在他们头顶飞舞,巨大的黑蚂蚁在四条白蜡杆样的光腿上来来回回爬……何一为觉得自己的心脏被人掏走了,他死死捂住嘴巴,像逃避恶魔那样,跌跌撞撞往前跑,一直跑到一片阴森森的坟地里,然后跪在草丛中,流着眼泪呕吐,吐得天昏地暗,日月无光……

不久,又发生了另一件可怕的事情。一天深夜,生产队最有力气的大黄牛被人活活卸掉了两条后腿,而且胸脯上的肉也被挖走了一大块。早起上学的何一为看到了大黄牛奄奄一息的惨状,他凄厉地叫了一声,当即昏倒在地。闻讯赶来的社员们用最恶毒的话咒骂着凶残的歹徒。何一为醒来后,看到父亲也打着哈欠赶来了。此时,大黄牛还剩最后一口气,它蜷缩在地上,眼里蓄满了泪水,哀伤地望着天空。有人提议,赶快弄死它算了,免得活受罪。父亲激愤地说:“不!不要杀死它,让它多活一分钟是一分钟,让它再睁眼看看人类的罪恶和罪恶的人类!大黄牛啊,你好可怜,让我替你死吧……”

人们把父亲拉开了。后来,果真有人用尖刀结束了大黄牛的生命,社员们从气愤中回过神来,纷纷朝生产队长嚷嚷,要求每家分一点牛肉,给老婆孩子们解解馋，谁也记不得有多久没闻到腥味了，大人孩子想肉都想疯了。生产队长分开众人说，请示公社再说，谁也不能乱动。

十二岁的少年何一为浑身颤抖，手脚冰凉。他人不知鬼不觉地离开人群，离开道路，跌跌撞撞往前走。他两眼空洞无物，刚刚升起的太阳搁在东方的山巅上，在他眼里就像一个臭鸡蛋的蛋黄。他漫无目的地朝前走，深一脚浅一脚，走过一道又一道山梁，不停地被绊倒。此时正是深秋时节，漫漫无边的秋庄稼淹没了他。他就像一条游进海里的鱼儿一样，被急流牵着走。后来他从破破烂烂的书包里掏出整整齐齐的书本，边走边一页页地撕，然后扬手扔向空中，纸片在庄稼的上空飞舞，像一群白蝴蝶……

不知走了多远，也不知走了多久，太阳偏西了，他又渴又饿，疲乏极了，倒在一块黄豆地里沉沉睡去。他梦见死去的小翠站在他面前哭泣，眼泪是蓝色的。她披头散发，眼珠子耷拉到脸上，长长的舌头卷来卷去。小翠好像在说，我好难受呀，救救我吧……他又梦见戴凤莲的男人从一口巨大的棺材里钻出来，一张脸黑得吓人，手提两把利斧追赶戴凤莲和他的父亲何开良。那两个逃命者大呼小叫，屁滚尿流，丑态毕露，狼狈不堪。转眼之间，那黑大汉手起斧落，戴凤莲的脑袋和身子分了家，而他父亲则走投无路，跳下了悬崖……何一为被自己的喊叫声惊醒，他不作片刻停留，爬起来继续朝前走。

太阳即将落山时，他来到一条大河边。他从未见过这么宽阔、这么清澈的河流。夕阳的余晖将河水染得一派血红,近处水草萋萋,远处水鸟翩翩,宛若梦中的景象。他呆呆地望着面前的一切,想都没想,穿着衣服鞋子,就缓缓地朝河水走去。温热的河水淹没了他的大腿、他的肚脐、他的胸口、他的脖颈、他的头颅……往下他什么都不知道了。

但他并没有死去。

醒来时已是深夜。何一为艰难地睁开眼睛,看到面前一堆篝火在熊熊燃烧,烤得他浑身皮肉发紧。他感到惬意极了。一个陌生人背朝他坐着,一动不动。他想起了下午的情景,坐起来,说:“这是什么地方?”

他就像问一个熟悉的朋友或亲人,声音十分的平静自然。

陌生人头也不回,说:“一条大河。”

何一为说:“是你救了我吗?”

陌生人说:“我不想活了,正要投水时,看到一个小孩落水了,我就先把你救了上来。”

何一为抬高嗓门说:“我不是落水。我和你一样,也不想活了!”

陌生人这才扭过脸来,他戴着一副方方正正的眼镜,头发蓬乱,满脸胡须,像一个野人。陌生人认真地打量了一阵何一为,说:“你也不想活?巧了,太巧了!要知道这样,我就不救你了。咱俩这时候早就到达天国了,说不定你比我到的早,先占了个好位置呢,哈哈!”

接下来,他们不再说话。他们一起谛听河水的声音。天将破晓时,陌生人又问何一为:“现在你还想死吗?”

何一为说:“我不知道。”

何一为又问陌生人:“你呢,还想死吗?”

陌生人苦笑一下:“和你一样,我也不知道。”

两年后,陌生人成了何一为的继父。他叫孙玉成,原是县城师范学校

的副校长，1957年被打成右派后，下放到离母鸡脑三十多里远的刘家疙瘩村。孙玉成已经在刘家疙瘩村呆了整整十六年。他呆够了，就想到了死。命运却又让他碰到了年幼的何一为。落实政策后，孙玉成携何一为母子重新回到小县城，这才过上了正常人的生活。

那天天亮之前，何一为又睡了一觉。醒来时发现陌生人不见了。陌生人留下了一张纸片，上面写着他的名字和地址。上面还有一句话：希望我们还能够再见面。

何一为仍然不想回家，一个人在河边的树林里游逛。饿了，就啃嫩玉米；渴了，就喝清澈的河水。他痴迷地看鱼儿在水中游，看鸟儿在天空飞，感到这种远离尘世的生活非常有趣。第三天中午，母鸡脑村的几个社员终于找到了他，他们告诉他，三天前的夜里，他的父亲掉下了悬崖，摔成了肉饼。而因为找不到他，他的母亲都快急疯了。

“谁也弄不清老何深更半夜、黑灯瞎火地上山干啥。”他们说。

何一为竟然没有一点悲伤。他抬头望着湛蓝的天空，许久许久，才用异常冰冷的语气说：“我早知道他会有今天！”

8

只要一上班，苏文办公室的门就敞开着，她端坐在宽大的老板台前，有条不紊地处理各项事务。随便你什么时候从她门前经过，都会发现她娴静得像个大家闺秀，而不像日理万机的大公司总裁。她办公室的中央，摆放着十几盆高矮不一的常绿植物，从门口往里看，她被层层叠叠的绿色簇拥着，她便成了绿叶中的红花，而且是仅有的一朵大红花。

即便找人谈话时，她的门也敞开着，给人以光明磊落之感。下属想找她汇报工作时，可以放心进入，不必担心里面有什么勾当，从而缩手缩脚，心态变得委琐。她时时处处想在下属面前袒露自己，目的就是想以自己的磊落和坦然，给公司树立一个开放的形象。

然而，也许由于性格的原因，她又是一个不苟言笑的人。她讲起话来一是一，二是二，干练沉稳，表情平和，多余的话一句都不说，显得滴水不漏，胸有成竹。久而久之，下属们便对她心存敬畏。她仿佛是一个年轻的女皇。她成了女人中的女人，不由你不佩服。

五年前，苏文靠十万元贷款，成立了海天实业总公司。当初谁也没把她放在眼里，她本人也没想到自己此生会有多大的作为，她只是见别人纷纷出来办公司，而她又不甘心一辈子在政府机关当一名平庸的职员，所以也咬咬牙下了海。接连呛了几口水后，她奇迹般地浮出了水面，生意越做越大，业务范围辐射到日、美、韩、东南亚和港澳地区，公司已有了几千万元的固定资产，而且发展前景良好。

当然，她的成功很大程度上与她的父亲有关。她当初下海的时候，她父亲还在省里的一个重要部门任职，少不了时常关照她。等她父亲退下来时，她的羽毛已经很丰满了，不需要什么人额外关照了。现在，她成了本城的名人。在很多人眼里，她就是财富的象征。

面对突然而至的巨大成功，苏文常常有一种置身梦幻、不太真实的感觉。

她至今仍待字闺中，孤身一人。她甚至连个亲密点的男朋友都没有。她为什么不嫁人？谁也摸不准原因。在省城的实业界，苏文的婚姻问题也是人们关心的话题。

在公司里，职员们什么话都可以说，就是总裁的婚嫁问题没人敢议论。

计划财务部的主任汪家林三十出头了，也是单身，但是，谁要想给他介绍女朋友他就跟谁瞪眼。渐渐地，大伙发现，汪家林跟总裁苏文的私人关系比较密切，他有事没事就爱往苏文那里跑，而且在人前故意显露他和苏老板关系多么多么密切。人们多少有点明白，汪家林在打苏文的主意呢！看不起汪家林的人就说，癞蛤蟆想吃天鹅肉，也不撒泡尿照照自己。

何一为来海天公司上班后，和从前一样，几乎不和任何人来往，工作之外的人际交往他一点都不想参与。他并不感到孤独，他觉得自己的内心世界是异常丰富的，比任何时候都平静、自然。他喜欢这样的生活状态。

渐渐地他发现，接待处的美丽女郎王静很愿意接近他。王静按说是他事业上的引路人，没有王静，也许他早就离开省城了，他的生活和命运就会是另一个样子，所以他还是十分感激王静的。

王静时常到何一为的办公室转转，尤其是办公室只剩下何一为自己的时候。她关切地问他有什么需要帮忙的。她笑眯眯地说："何大哥，你刚来嘛，情况还不太熟悉。是我把你追回来的，我得多关照你，对不对？"

何一为的心情好极了，开玩笑说："王静，如果以后我在海天干好了，有了作为，头一份功劳是你的；如果我干不好，我也会怪你的，干吗非把我追回来。行不行？"

王静调皮地说："行！师傅领进门，修行在个人。我相信你会很棒的！"

说着说着，王静的瓜子脸上洇出了两团红云，一直红到脖颈。

王静家在本市，她毕业于省城的一所专科学校，学历虽不算高，但相貌出众，人极聪明，而且挺稳重，说话办事落落大方，公司上上下下都对她有较高评价。她原先在五星级的金鼎大酒店干接待，苏文经常去那儿应酬，后来就认识了，把她挖了过来。

王静点点滴滴地向何一为透露了不少公司的"机密"。其中核心机密是关于计划财务部主任汪家林的。汪家林在不遗余力地讨苏文的欢心，企图当上海天公司的白马王子，进而成为后台老板，从而主宰公司的未来。

何一为说："汪家林这个人我不了解。感觉他心计颇深。不过，苏文总是要嫁人的，嫁给汪家林也不错嘛，汪还是很能干的，业务能力强，是公司的台柱子。"

王静说："我也这样希望。但我总感到，苏老板不会轻易决定下嫁他。"

有一天，王静来何一为的办公室送资料，再一次主动谈起汪家林和苏文。王静用神秘的口吻说："何大哥，你注意到了吗？苏总对你是另眼相看的。"

何一为感到这个话题有点突兀，愣怔一下，说："我没觉得。"

王静说："其实我早就感觉到了。你来公司应聘时，我拿着你的毕业证找苏总请示，她几乎毫不犹豫地拒绝了。可是她在走廊上见过你一眼之后，突然又改变了主意……你不觉得奇怪吗？"

何一为说："这与我无关。尤其是，我没兴趣在苏总和汪主任之间充当第三者。"

"可是，"王静有点急了，"我料到，你们之间肯定会有一个人充当第三者，但不会是你，很有可能是汪。你怎么办？"

"什么怎么办！"何一为有点粗暴地打断她，"王静，你操心操多了，好好干你的本职工作吧。"

王静的眼圈竟然红了，长长的眼睫毛扑闪几下，眼角滚下两颗珍珠般的泪珠。她掏出手帕飞快地拭去泪迹，头一低走出了何一为的视线。

王静的话提醒了何一为。他细细地琢磨，从汪家林的言行举止上，得出了结论，那就是汪家林确已把他当成了强有力的竞争对手！尽管他无意参与，但事实已经明摆着。他有可能被卷进这个漩涡里面。

何一为进海天公司后，和总裁苏文的接触是免不了的，但都是一般性的接触，每次见面说不上三句话，更多的时候是互相点头致意。何一为发现，苏文的眼神特别忧郁，眸子里含着许多说不清、但肯定是深刻的内容。何一为当然不会去细想她为什么忧郁。何一为天生就是一个不爱琢磨别人的人。何一为是一张纯洁的白纸，可以画最新最美的图画，但必须由他自己来画，他拒绝别人画蛇添足。

汪家林一直在设法阻挠何一为同苏文接触。比如来了外地客户，公司请吃饭时只要苏文参加，汪家林就会找种种借口不安排何一为去。一次，苏文要去北京同一个美国人就一笔钢材生意进行谈判，何一为的外语口语比较过关，苏文点名要何一为当翻译，汪家林就是不同意，谎说何一为的母亲病了，病得厉害，有生命危险，何一为找他请过假了，他已同意何一为回老家探望母亲。

何一为到底没去成北京。

何一为逐步察觉了汪家林的用心，他感到可笑。

说实在的，何一为并不想巴结讨好苏文，而且那样做也不符合何一为的性格。他更不会存有其他的非分之想，他只想过一段平静的日子。人们总是愿意对权力和金钱顶礼膜拜，这样做的惟一结果，就是他们的命运，于不知不觉中掌握在了权力和金钱持有者的手里，他们便成了不折不扣的奴隶。这些年来，何一为觉得自己一直在逃避它们，试图自己掌握自己的命运。但事实上很难完全做到。生活中到处充满了陷阱，一不小心就会掉进去。一进海天公司的大门，何一为就觉得自己的命运已经部分地掌握在了总裁苏文的手中，即使王静不提醒他，他也会觉察到。想想这是多么可怕，多么不公平。但他毫无办法。

何一为惟有想方设法逃避。

一个星期天，何一为闲着无事，就来到办公室翻阅资料。他越来越感到海天公司是民营企业中的佼佼者，它的管理方式和操作技巧是值得好好总结的，它之所以短短几年之内就有了飞速发展，其根本原因在于它的领导者以最快的速度适应了市场经济的要求，建立了现代企业制度。在社会的转型期，走在了别人的前面。海天公司的前景是十分远大的。

何一为很想就此写一篇论文，阐述一下他对大工业时期民营企业的见解。

这时，桌上的电话铃响了。他拿起听筒，打来电话的是王静。王静嗔怪他，说，礼拜天也不放松一下，她猜测他十有八九在办公室加班，怎么一点都不会安排自己的生活，弄得像个苦行僧似的。“这样吧，正好我手头有两张电影票，外国片，在光明大剧院，你快点过来吧。我在门口等你。”

不由何一为分说，王静就挂断了电话。何一为想，不去吧，王静肯定在那儿等他，让人家姑娘傻等半天也不是个事。趁着心情好，去看场电影，浪漫一下也无妨。他已经有半年多没进电影院了。何况王静也算是他这两个月来最知心的朋友，且又是那么一个容貌俏丽的姑娘。他想起，上一次看电影还是在学校时，丁冬硬拉他去的，看的什么片子已经没有印象了。

离光明大剧院还有挺远的路，何一为就看到了站在门口台阶上的王静。王静穿一件鲜亮的天蓝色羽绒服，围一条绛红色的围巾，长发飘飘，动人极了。看到何一为出现，她欣喜地迎上来，说：“我一直担心你不来呢。我都想好了，你如果失约,以后我就不理你了。”

何一为说:“我这不是来了吗?”

电影院里,人稀稀拉拉的,大都是恋爱中的青年人。何一为和王静坐的那一排长长的座位上,只有三四个观众。

看的什么电影谁也没上心。大灯刚一关上,王静就把自己柔软的小手递到了何一为手中。她香甜的呼吸和少女浓郁的清香气息弄得何一为浑身燥热。她越来越“放肆”,到后来,半边身子干脆靠在了何一为身上。何一为感觉到了她丰满结实的胸脯,它们就像两只活蹦乱跳的小兔子,在他的胸前闹来闹去。他一动也不敢动,完全是被动地受制于王静。

在丁冬之外,何一为从没和任何女人有过如此亲昵的举动,而且他和丁冬以前也仅限于接吻拥抱。这一天和王静的亲近,再一次唤醒了他作为男人的激情。他有点把握不住自己了。他感到惶恐,内心里充满了矛盾。

他对自己感到了陌生。

因为父亲投给他的阴影,多少年来,他对女人充满了恐惧和厌恶,总是尽可能地远离她们。可是,现在,美丽多情的王静使他难以拒绝了。

王静娇喘着俯在他耳边说:“何大哥,抱紧我……我爱你……”王静轻吻着他的脸庞,泪水溢出眼眶,濡湿了他的面颊。他的眼睛好像也湿润了。

说实在的,王静是他认识的女人里最漂亮的一个。以前他很少去专注地观察女人,他把她们统统当成天上的云彩,有谁会老是打量天上的云彩?所以他不去注意她们。可是,自从认识王静,他有点变了。他悄悄地观察、对比,发现王静是异常美丽的。你就是在大街转悠一天,也不一定能碰到一个像王静这么漂亮的女性。他曾经提醒自己,不能轻易落入女人的圈套，越是漂亮的女人越是要警惕。可是，王静在他眼里，是个意外。

现在，他的心“砰砰”地跳着，出现这样的场面是他始料不及的。他一遍一遍地问自己：“你喜欢她吗？你喜欢她吗？”他回答不上来。他感到无能为力。

何一为回避了这个问题。他闭上眼睛，试探着把手伸进她的衣领里，用力揉搓着她的酥胸，感觉自己的身体要爆炸了。

王静兴奋得乱抖，无声地饮泣，牙齿咬得咯咯响。

结果他们没有把电影看完。他们相依相偎着，像两个醉鬼，歪歪斜斜、步履踉跄地走出光明大剧院。他们站在冷风里，清醒了一点儿，一时却又不知道要去哪里。后来何一为坚决地说：“到我宿舍去吧。”

他以为王静会拒绝。他甚至希望王静拒绝。然而，王静却出乎意料地点点头，态度似乎比何一为还要坚决。

宿舍是他租住的民房，在一座筒子楼上，约有十二个平方米，公司按规定替他支付租金。他把自己的小天地收拾得利利索索，干干净净，绝不像某些小青年，住处总是窝窝囊囊，和猪圈差不多。

他们叫了一辆出租车，连滚带爬钻进去，以最快的速度，来到城南何一为租住的房子里。

一进门，何一为躬下身子，把已经成为一摊烂泥般的王静拦腰抱起，用力地扔到他的单人床上。他的眼睛通红通红，像一个杀手。他坐在床边，凝视着粉面含羞的王静。

幸福的泪水一刻也不停地从王静眼里涸出。王静紧紧抱住他的胳膊，还算冷静地说："何大哥，我们相爱，公司里肯定有人不高兴。我们干脆离开海天，到别处去发展吧。不论你到哪儿，我都跟着你。凭咱俩的能力，不会有问题的……"

何一为却执拗地说："我们相爱是合法的，没招谁没惹谁，别人也拿我们没办法。我就是不走！"

王静也想通了，理直气壮地说："对，我喜欢你，你喜欢我，自觉自愿，我们没偷没抢，谁也不能怎么着我们。"

解决了这个疑问，王静彻底放松下来。她伸出双臂，紧紧地缠绕住何一为的脖子，仰起脸来，主动地亲吻他。他们疯狂地接吻，把一切都抛到了九霄云外。后来，何一为粗暴地撕扯下王静的衣服，王静光裸着美丽无比的胴体，把自己的一切毫无保留地展现在何一为面前。

天哪！何一为简直惊呆了。这个叫王静的女孩子，像一个女神，像一个天使，又像一条美女蛇。她具有一种单纯、清新、脱俗的美，有着不可抗拒的魅力……

何一为感到浑身战栗，他摇摇晃晃，几乎站立不住。幸亏王静的帮助，他才褪下了自己的衣服。他托举着自己，向着一个终极目标挺进，宛若奔向天堂……可是在最后的关头，他犹豫了。

只差一秒，也许是零点一秒，他就是个真正的男人了。但是，他退缩了！

他再次向自己发问："你爱她吗？你了解她吗？"

回答是："不知道。不知道。"

他听到了一个声音。那个声音说，既然什么都不知道，那么，这种所谓的爱就是一个空中楼阁，没有任何根基，肯定要出毛病的。

他顿时吓出一身冷汗。他渐渐明白了，他和王静现在只有肉的欲念，没有爱的阳光雨露。是的，王静是一个巨大的诱惑，诱惑着他滑向深渊。从他们相识的那一天起，这种诱惑就存在着。而且随着时间的推移，越来越让他放松警惕了。

他想，如果仅仅是苟合，这和野兽何异？

天哪！我是野兽！

他几乎要晕倒了。一直默默期待的王静睁开羞涩的眼睛，更加动情地说："何大哥，亲爱的。我是你的，要我吧，我什么都愿意。别怕……即使将来你抛弃我，背叛我，我也决不怪你……"

何一为仍是本能地挺立着。屋子都旋转起来了。何一为长叹一声。随着这声叹息，他竟然做了毫无意义的喷射！太丢人了！王静下意识地赶紧躲让。他更是无地自容。王静显然比他有经验，竟很快就镇静下来，把极度的失望藏于内心，咯咯笑着帮他收拾混乱的局面。王静爱抚着他说："亲爱的，你太紧张了。我不怪你的。别泄气，啊？下次就会好起来的，乖……"

何一为伤心欲绝地一屁股坐到地上。他的脑子空空荡荡的，仿佛到了万劫不复的境地。他问已经穿戴整齐的王静："还有……下次吗？"

王静猛地扑到他怀里，大声说："只要你愿意！"

然而，他们没有下次了。

一个飘着细雪的下午，何一为面前的电话机突然响了，他拿起听筒，里面却没有声音。他刚想放下时，对方说话了，是一个有点嘶哑的女人声音："……是小何吗？"

尽管声音有些异样，话筒里的气氛也不大对劲，何一为仍然马上判断出，是公司总裁苏文。他有点吃惊，不知其意，因为苏文以前从未给他打过电话，有啥事都是当面吩咐。他愣了愣，说："苏总，是我。"

"你能到我办公室来一趟吗？"

何一为轻轻放下电话。他扫了一眼正在办公的几个同事，装作若无其事的样子往外走。经过汪家林办公室时，他看到门敞开着，坐在写字台后面的汪家林狐疑地盯了他一眼。

苏文的办公室在三楼，陈设简朴庄重。苏文正趴在桌上看一份文件，眼睛不时往门口瞟。何一为走到门口，他们的目光突然正面相遇，随即都飞快地移开了一点角度。苏文站起身，手一扬，说："小何请进。"

何一为在真皮沙发上落座后，苏文拿过一瓶矿泉水递给他。然后她走到门口，仿佛不经意地掩上门。苏文的动作有些迟钝，显得拖泥带水，犹豫不决。何一为纳闷，今天苏总到底是怎么啦？

室内的空气里散布着一种说不出的情绪和意境。外面，雪越下越大，晶莹的雪花霰粒有节奏地击打着铝合金窗子，发出清脆的响声。屋中央的绿色植物在日光灯照射下愈发鲜艳欲滴。苏文在她的大班椅上坐好，摘下眼镜擦拭一下，又戴好，双手托腮默默地望着何一为，目光的含义十分复杂。苏文五官周正，只是皮肤稍显粗糙。她的相貌中等偏上，气质上佳，你可以忽略她的美丽，却无法不正视她独特的魅力和韵味。

何一为摸不清苏文找他来的目的，心里七上八下，有点不知所措，甚至有点慌乱。他想，难道我有什么不对的地方吗？又想，同事们个个敬畏她，是不是我也犯了和他们一样的毛病？我为什么要和他们一样？我这人纯粹是为了寻找和别人的不同才活着的，我存在的价值正是在这里，物以稀为贵，大熊猫之所以像皇帝一样珍贵，全在于它的稀少，如果它像老鼠和穷人那样遍地都是，谁还拿它当回事？反过来说，如果全世界仅剩下二十只老鼠，它们不也会像皇帝那样珍贵吗？卖耗子药的人就该倒霉了……

想到这里，何一为随即就变得平静和放松了。他用富有磁性的嗓音说："苏总，您找我有事吗？"

苏文"啊"了一声，她的神情也有些慌乱，显得很不自然。这可不像以前的苏文。何一为的声音把她从另一个世界拉回到现实之中，她说："没事。只是想找你聊聊……随便聊聊。你还好吗？"

何一为点点头，说："感谢苏总在我困难的时候收留了我。我现在很好。"

苏文说："公司正需要你这样的人才，要说感谢，应该我感谢你。"

气氛马上变得融洽了。接下来，苏文又问了问何一为某些个人的情况，还问他初来乍到是否习惯。那天，何一为的嘴巴挺好使，而他的嘴巴原本是不太利索的，这使他感到惊奇。何一为用幽默的口气同她闲聊，她好几次差点笑出声来。何一为一时忘了她是公司的总裁，一个能决定他命运的人。谈话效果出人意料的好。何一为隐隐看到苏文的眼角布满了细密的纹络。他想，与那些纹络相连的，一定是一串风雨中的故事，那些故事有的精彩，有的不怎么精彩。他还深切地感受到，这个女人，这个省城有名的女强人，其实是个很孤独的人。她需要朋友，就像植物需要阳光雨露那样。

苏文最后笑盈盈地对何一为说："今天我很愉快。谢谢你的光临。"

这之后何一为就像钻进了一张绵密的大网中，或者说有一张绵密的大网严严实实罩住了他。同事们都用奇怪的眼神看他，甚至有人有意讨好他。他问他们："怎么，我变了吗？"

人家说："不是你变了，而是苏总变了。你来公司后，苏总变得开心了。"

汪家林也变了，他的脸色越来越难看，经常醉酒。喝醉了他就说胡话，谁也奈何他不得。

一次，由于何一为的冷漠和出言不逊，得罪了台湾的一家客户，一笔利润很可观的买卖泡汤了。汪家林气得暴跳如雷，公然说要开除何一为。据说，汪家林在公司高层会议上气呼呼地叫嚷："何一为是个神经病！书呆子！只配喝西北风！这样的人不除名，公司早晚要毁在他手里！"

何一为也感到不妙。那个台湾来的商人太傲慢了，他实在是气不过才出言不逊的。但是，毕竟由于他的失误，砸了公司的生意。他把宿舍里的东西归整了一下，每天上班前，他都卷好铺盖，等着被炒鱿鱼。他做好了各种准备。然而过了一段时间，却没人再提这事。他糊里糊涂不知底细。有一天，王静跑来告诉他，是总裁苏文替他消了灾免了祸。苏文为这事甚至和汪家林拍了桌子。苏文说，汪家林，你若是不服气，你来当总裁算了！

王静说完这话，痴痴地望着何一为。她的眼圈红了，目光是哀怨的，无奈的，痛苦的。聪明过人的她已经预感到了一切。她无法抓住她和何一为命运的缰绳，只能听之任之了。

何一为听到王静传来的这个消息，也并不觉得轻松。他反而感到沉重。种种迹象表明，苏文确实对他另眼相看，在暗中关心他、提携他，也考察他、考验他。他不知道这究竟是福还是祸。

至于和王静的关系，自从那次尴尬的遭遇之后，王静倒是一如既往地爱恋他，暗恋他，但他的热情却在一点一点地丧失。他并不感到有什么遗憾，因为他向来跟着感觉走。既然是无意义的，为何还要强留？除非让他真实地感觉到了他们之间的那份爱，否则，他是不会主动去追求的。

王静，你也认了吧。

DuJiaoShou

像纸片一样飞

9

86-87

9

这一刻终于到来了。虽然种种迹象表明，这一刻早晚会来，但当它呼啸而至的时候，何一为仍然感到极为突然，措手不及，他简直不敢相信这是真的。正像一首歌中所唱的，不是我不明白，是这世界变化快。

这一年的春天来得早，春节刚过，路边的小草就泛绿了。初春，一个周末的傍晚，何一为突然感到有点烦躁，还有点焦虑，总觉得有件什么事情等着他，而且是一件重要的事情。按照计划，他原本要去听一场音乐会，正要出门时，天上淅淅沥沥下起了小雨。他想了想，便取消了计划，决定今晚哪儿都不去，就在宿舍老老实实呆着。

房间很简陋，只有一张单人床，一把椅子，一只床头柜，一个小书架。他把自己关在宿舍里，先是看了会儿书，怎么也看不进去；只好打开录音机听音乐。他在房间里踱来踱去，干什么都觉得不对劲。这种情况以前几乎是没有的。他总是心静如水，心无旁骛。可是今晚，他对自己的反常表现感到奇怪。

约莫八点多钟的时候，他正在听音乐，突然听到有人敲他的门。他以为别人敲错了门，因为几个月来从未有人来宿舍找过他，他不想贸然开门，就把录音机的音量拧小了一点，大声问："谁？"

没人回答他。但敲门声仍在继续。何一为疑疑惑惑走到门后，猛地拉开门。随即他大吃一惊。站在门口的不是别人，正是公司总裁苏文！苏文身着海蓝色的西服套装，脚蹬白色半高跟高档皮鞋，脖子上围一条橘红色丝巾。这使她显得年轻，富有青春的朝气，虽然她年龄已不算小。她手里提着一把雨伞，却没有水珠滴落，说明雨已经停歇。

到这时候，何一为才找到了自己刚才烦躁不安的原因。仿佛一切都是上帝的安排，让他无话可说。

在何一为发愣的当口，苏文灿烂地笑了，小声说："我路过这里，顺便来看看你。不欢迎吗？"

何一为也笑了，说："苏总，这太让我感到意外了。您是怎么找到这里来的？"

"鼻子底下有嘴，问呗。"

"噢，快请进。"何一为做了个手势，"敝舍就是有点寒酸。"

苏文和他对视一眼，闪身进来。何一为想关掉录音机，苏文抬手制止了他。她说："我比现在年轻十岁的时候，就听过这首歌。"她径直走到录音机前，伸手将音量放大，"甲壳虫"们演唱的《青鸟》便又充满了小小的房间：

深夜中青鸟在歌唱，
用这破损的双翅学着飞翔。
你用一生，
只是等待这个升起的时刻。
深夜中青鸟在歌唱，
用这沉陷的双眼学着凝视。

你用一生，

只是等待这个自由的时刻。

…………

歌声在夜晚的空气里流淌。苏文坐在那把惟一的椅子上，何一为坐在床上。他们之间隔了一米多的距离，彼此能够感觉到对方的气息。他们翻来覆去地听这歌声，不知听了多少遍。谁也不说话，只是沉浸在动人的歌声里。何一为看到苏文的眼窝里噙着晶亮的泪珠，闪闪烁烁，宛若夜航中飘渺的灯火。何一为也受到了深深的感染，不知是由于苏文的眼泪还是由于“甲壳虫”们忧伤的歌声，可能二者兼而有之吧。夜深了，苏文来之后，又下过一阵雨，现在又停了，他们都觉出了饿，于是他们下楼，来到街头的一家小饭馆，每人要了一碗热汤面。

小饭馆装潢粗俗，环境也差，苏文平时不可能到这种地方就餐。但现在苏文却吃得欢快，兴致极高，额角上沁出了汗珠。她边吃边说好香好香，还说这是她平生吃得最香甜的一次夜宵，这餐夜宵她会记一辈子。五十多岁的饭馆老板高兴得合不拢嘴，执意不收他们的钱。苏文朝何一为呶呶嘴，幽默地对饭馆老板说：“这位先生请我宵夜，你不收他的钱，他会没面子的。”

饭馆老板挥起大手，使劲一拍油光光的脑门：“好，好，我收我收！”

大家都开心地笑了。

来到街上，沐浴着路灯昏黄的光线，他们一时不知道要去往何处。空气里弥漫着水汽和小草的清香，是早春的气息，沁人肺腑。苏文告诉何一为，今晚她并不是路过，而是专门来找他的，而且是步行赶来的，走了整整一个小时。她想试试自己的运气，如果找不到他，她就再步行回去，走

到天亮也没啥。何一为说:“苏总，这下你可以坐车回去了。”

苏文说:“可是,我现在还不想回去……既然我大老远跑来了,你不会急着下逐客令吧? ”

结果,他们又返回到何一为的宿舍。苏文提醒何一为关掉大灯,打开台灯。他们面对面坐着,苏文向他讲起了她的过去。她讲了很多很多,有些何一为听过就忘了,但有几件事情他牢牢记在了心里,再也忘不掉了——

1969年,她十岁的时候,父亲被人关进了监狱。有一天,重病缠身的妈妈派她去给父亲送饭。监狱离家有七八里的路程,走在路上,她觉得饿极了。竹篮中的饭盒里,食物的香味令她翻肠搅肚,神魂颠倒。实在忍不住了,她打开饭盒,吃了一小口。她对自己说:“就吃这一口……”然而,她实在控制不了自己,咬紧牙关也没用,便又吃了一小口。她再次对自己说:“就吃这一口啊,不能再吃了……”她就这样往前走,在极端矛盾的状态下,走一段吃一小口,然后再狠狠地骂自己两句。等她赶到关押父亲的地方时,发现手中的饭盒已经空了。见到浑身是伤的父亲,她把空荡荡的饭盒藏在身后,吓得不敢抬头。但当父亲捧起她的脸蛋,在她额头上亲了亲时,她的泪水顿时湿了面颊,然后边哭边哇哇大吐,把胆汁都吐出来了。

她说:“就为这事,我永远不会原谅自己! ”

半个月后,她再次去监狱给父亲送饭。这回她不敢偷吃了,她把饭盒紧紧抱在怀里,生怕它会突然飞走。但是在牢房门口，一个脸上长颗黑痣的看守拦住了她，把她哄骗到一间废弃的仓房里。他褪下裤子，让她看他的脏东西，逼她抚弄，还上来乱抠乱摸她。她吓得直哆嗦，失声喊叫。那家伙慌忙提上裤子，上前捂住她的嘴，然后说，除非她从他的裆下钻过去，不然就把她带来的饭菜拿去喂狼狗。她咬咬牙那么做了。

后来父亲知道了这件事。父亲铁青着脸，牙齿咬得咯咯响，说："我这辈子最痛恨的，就是那个侮辱我女儿的人！"

还有一次，她跟着一个满身烟味的男人从北京路走到人民公园门口，足有三里路，为的是给离不开烟的父亲捡一个新鲜的烟头。那人终于要抽烟了，点上一支，美美地吸。她耐心地跟随着他。他嘴上那棵烟吸得差不多了，只剩下短短的一截。她眼睛一眨也不敢眨，紧紧盯住他拿烟的那只手，只要他一扔掉，她就跑过去捡起来。但到最后，那人却一挥手，把烟头扔进了路边的臭水沟里……

她说："那一瞬间我的脑子就像裂开了一样！"

转眼到了1974年，她十五岁。十五岁的她个头已经很高了，就是现在这个身高，十五岁以后她没有再长个头。她赶上了"上山下乡"的末班车，跟随几个年龄比她大不少的男女青年，到了东明县刘集公社张沟大队。她的厄运随之降临了。

在她十六岁生日的前夕，公社革委会主任下令调她到公社参加毛泽东思想文艺宣传队。当天晚上，公社革委会主任就迫不及待地把她叫去谈话，说为了她的成长进步，要好好给她上一堂政治课。她早就听说此人是个好色之徒，所以去"听课"之前就做好了一切准备——穿上了三条质地结实的长裤，腰带也换上了农民习惯用的粗布带子，而且打了一连串的死扣。果然，到那家伙办公室后，他三句话没说完就扑上来动手动脚。

但他怎么也解不开她的裤腰带，累得鼻子都歪了，呼哧呼哧直喘。偏偏他屋里又没有剪刀，连水果刀都没有。他想了想，就把她反锁在屋里，心急火燎地去找食堂炊事员借切菜刀。办公室在二楼，幸亏楼下是松软的菜地，她利用这个间隙，奋力推开一扇铁窗，咬牙跳下窗台，连夜逃往张沟大队。漆黑的夜，二十里远的黄土路，她踉踉跄跄，不知摔了多少跤，鼻子眼角都摔破了，肿了。想撒尿，却又解不开腰带，竟尿了裤子，真是乱了敌人也乱了自己；途中又迷了路，鞋子也跑丢了。她整整折腾了一夜。到达知青点时，模样比女疯子都不如。

接下来的那些日子她孤独极了，非常渴望有人爱她。但是，全知青点十二个男知青没有一个敢爱她，他们宁肯去追那些比她丑一百倍的女知青。因为所有的人都相信，公社革委会主任真的强奸了她，她是个不洁的女人了。

这才是更可怕的。

她说："在最痛苦的日子里，我甚至发狠地想，如果革委会主任再来纠缠，那么我就答应他！……"

………

苏文的讲述深深震撼了何一为。他的眼泪不知不觉涂满了脸庞。也许苏文把这些陈年往事埋藏得太深太久了，所以在讲述的过程中她的语调出奇地平静，仿佛在讲述别人的故事，她甚至没掉一滴眼泪。但对于何一为来说，这反而有一种更加强烈的震撼力。他找不到恰当的词句来安慰她。有谁能够想到，在这样一个寂静的夜晚，这个省城著名的女大款，会把她的经历袒露给一个几乎与她素昧平生的人？她为什么要向何一为讲述？何一为仍是不明白。

然而，何一为不一会儿就找到了答案。他看到苏文眼中的泪水像涌泉那样滚滚而下。她再也克制不住了。她也不去擦，一任泪水横流，滴落在胸前。何一为不知怎么办好，他说："苏总，你没事吧？"

"小何，一为，求你了，不要叫我苏总。我不希望你叫我苏总。叫我苏文……"苏文抽泣着说。

她坐在何一为面前，泪眼婆娑，此刻看上去那么弱小，那么可怜，那么孤苦无助。很难让人相信，她就是著名的海天公司总裁，一个人们眼中的女强人。在这个备受磨难的女人面前，何一为突然觉得自己很有力量，很高大，很强壮，他或许能够帮助她，安慰她，救赎她。他说："苏总……苏文，我真的没有想到，在事业上，你创造了神话般的辉煌，而你的过去竟是那么不容易。也许正是那些磨难成就了你。你说是吗？"

"我不想听这样的话！"苏文抬高嗓门说，"我宁愿不要那些狗屁辉煌，而愿意像一个正常的女人那样生活，和自己喜欢的人日日夜夜厮守在一起，过平平常常的日子，过踏踏实实的生活。我做梦都想这样。可是，我就是得不到这些。你明白吗？在公司里，我从没向任何人讲过我的过去，也从没向任何人袒露我的心迹——除了你。你是一个例外。因为我觉得只有你能理解我，能帮助我，甚至你能拯救我。一为，你回答我，我说的对吗？"

何一为低下头。他想，苏文可能太寂寞了，与人缺少正常的交流，高处不胜寒嘛，再说生活不可能十全十美。但他无法把这些想法说给苏文听，因此，他一时不知道怎么回答好。他只是感到面前的一切有点不真实，像阳光下的泡沫，看上去异常华丽，但弄不好一闪而逝。想了想，他

说:“苏文,你的真诚令我感动,我会永远记住的。现在我们不是都好好的吗?这比什么都重要啊。”

“你说的这些都是表面上的,我不看重这些东西。我看重的是内心。”苏文热泪涟涟,“我想,你应该明白我的心情,因为你和别的男人不一样,因为你原本就是一个非常优秀的男人,这一点我早就看出来了,我们第一次见面时我就被你打动了……”

何一为终于找到了苏文当初痛痛快快收留他的原因。

王静也这么说过,他有点不太相信。现在他相信了。

何一为缓过神来,把自己的毛巾递给苏文。苏文简单擦擦脸上的泪水,又把毛巾还给何一为。接下来是一阵沉默,一阵难堪的沉默。何一为感到有些尴尬,有些疲倦,想说什么欲言又止。他甚至希望苏文到此为止,赶快关闭自己感情的闸门,不要让感情的潮水肆意横流,因为一切不符合实际的冲动都会带来意想不到的痛苦。难道我们经受的痛苦还少吗?他想。

可是,苏文仍然没有要走的意思,她垂下眼帘,喘着粗气,仿佛在酝酿下一个步骤。何一为不敢看她的脸,总觉得目光无处停留。时间在静默中悄悄流逝,窗外的风声像一种哀鸣。突然,苏文说:“一为,看着我!……”

何一为抬起头来。他们的目光霎时交错在一起。他看到苏文一脸痴情,是那种再也无法抑制的情感流泻,是激情压抑不住之后的总爆发!而他就好像被人绑在了火山口上,要么上天堂,要么下地狱;要么锤炼成金刚之身,要么粉身碎骨……他有些害怕了，嗫嚅道："苏文，苏总，你没事吧……"

苏文剧烈地哆嗦了一下，摇晃着站起来，泪如雨下："一为……"

就在何一为惊慌失措的当口，苏文像一只鸟儿那样，抖翅飞进他的怀抱，不容置疑地紧紧抱住他。何一为吓坏了，但他没有力气推开她。他说："苏文……"

苏文伤心得说不出一句话，在何一为怀里哆哆嗦嗦，泪雨滂沱。何一为觉得她像一团熊熊燃烧的火球，几乎要将他熔化。他使出平生的力气，让自己镇定一下，说："苏文，请你平静一下，好吗？"

"不能！"苏文呜咽着说，"因为我……喜欢你！"

苏文用"喜欢"来代替"爱"，表明了她的含蓄。何一为觉得自己全身的骨头被人抽走了，他结结巴巴地说："我没有想到，真的没有，我感到吃惊……"

"我想到了，我感到特别特别的幸福！"苏文说。她把脸死死贴在何一为胸脯上，而且像小羊吃奶那样不停地蹭来蹭去。

她断断续续地说："以前我的外表很虚弱，但我的内心很强悍；如今，我表面上变得强悍了，内心却虚弱得不行。这只有我自己清楚。我甚至以为，自己这一生一世不会再有爱了，曾一度死了心，一门心思干事业，拼命赚钱。这几年，不知有多少男人追求过我，他们中有省委副书记的公子，有港台的大商人，有博士硕士生，咱们公司内部的也有，还有外国人，但我丝毫不动心。有些人把我当成了冷血动物，说我是个残缺不全的女人。他们错了！不信，我现在就做给他们看！"

"是的，他们错了。"何一为抚摸着苏文经过仔细梳理的头发，大为感动地说，"真正的火焰是在心中燃烧的，表面上的虚张声势经不起风吹雨打。"

“可这一切都是因为你！”苏文又哭了，她的嗓音也哑了。她使劲摇晃着何一为的肩膀，“自从第一次见你，我就喜欢上了你，是你唤醒了我的爱。奇怪吗？不，绝不！起初我以为这种爱是暂时的，是心血来潮，是不能长久的，是不现实的。可是后来我发现，我越来越喜欢你，我控制不住自己的情绪……”

每每说到动情处，苏文的泪水就遏止不住地流，仿佛她是河水，何一为是河道。他听到了苏文剧烈的心跳，怦怦地与他的心脏共鸣。他轻轻扳过她的脸，轻轻抚摸她眼角细微的纹络，就像考古学家在鉴别一件远古时代的出土文物。到最后，何一为也哭得一抽一抽的，他们的泪水混合在一起，宛若咆哮的河水，尽情冲刷着岁月的尘埃。泪水使他们这个晚上所做的一切都显得神圣无比，光彩照人。

他紧紧地抱住浑身战栗的苏文，轻轻地吻她的额头，吻她的眼角。在这个突如其来的幸福的时刻，他断断续续想起了两个曾经与自己有过情感纠葛的女人——丁冬和王静。同苏文相比，丁冬显然是太平淡了，而王静则过于单纯。她们都经不起咀嚼。苏文与她们不同。苏文的沧桑，苏文的故事，苏文的曲折，苏文的深刻，苏文的凝重，完全地打动了他，使他跳入了情感的大潮之中，再也不能自拔了。

这个时刻，他忘记了苏文是财富的化身，是省城著名的实业家，是他们在公司的最高上司。他只是把她当成了一个普通的女性，一个需要爱抚和拯救的弱小的异性。他是不在乎财富和上司的，如果他在乎这些，他就不是何一为了。如果这时他想到这些,他还会动情吗?

他还想起,仅仅一个多月前,也是在这个房间,美丽而多情的王静姑娘曾经赤裸着躺在这张单人床上,她美得令他目眩。他只差一点就占有了她。好险!如今想起来都有点后怕。现在,他和苏文没有涉及到性的问题,他们之间没有性,只有情,当然也有爱,还有相互的敬佩和吸引。这比什么都强。

后来,何一为又想到,在此之前,他与苏文最大的不同在于:她以为她这一生不会爱上别人,而他却觉得不会有人来爱他了。因此,当爱情突然而至的时候,他们都有些束手无策。至少在他是这样。

那晚的惊涛骇浪过去之后,苏文对何一为说:“即便有一天我所有的财富在一瞬间化为乌有,我也不会感到难过,甚至不会流一滴眼泪。因为,你胜过我的一切,有你就够了,足够了!”

说这话时,她笑了。她笑起来很甜。

对此,何一为还能说什么呢?

苏文抬起手来,抚摸着他宽阔的额头,深情地说:“我爱你!”

何一为也附和着她说:“我爱你!”

拂晓悄悄来临了,冰冷的雾气涌进房间,何一为感到有些寒意。他们相拥着,等待日出的时刻。

新的一天又开始了。

DuJiaoShou

像纸片一样飞

9

98–99

10

四月二十六日上午,丁冬收到了一份印制精美的请柬。看一眼信封上龙飞凤舞的大字,她就知道是何一为寄来的。

洋红色的请柬上说:丁冬女士,您好!何一为先生与苏文女士定于五月一日上午十一时十八分，在本市金鼎大厦二楼菊花餐厅举行婚礼,届时请您光临。

丁冬感到眼睛被那两行烫金大字狠狠地灼了一下,不适感迅速涌遍了全身。她抬手揉揉额角,把窗帘拉上,拿过面前的水杯呷了一口。

对于这个不幸的结局,丁冬早就料想到了,所以她并不是感到太突然。

她很快就平静下来了。

自打何一为进海天公司后,丁冬和他很少联系。她认为他刚到一个新单位,有个适应过程,肯定会很忙,联系少一点也很正常。因此,丁冬从不主动打扰他。但是后来,几个月过去了,他们仍然极少联系,这就有点不正常了。丁冬知道何一为这个人的特点,他不想做的事情,你越强加给他,他越是烦,所以也只能是听之任之了。

说出来可怜。何一为到海天公司后,丁冬只和他见过两次面,其中还有一次是在春节前的同学聚会上。他们偶尔通电话时,谈的也是鸡毛蒜皮的小事情,一点也找不到当时热恋的感觉了。

当然，丁冬很清楚，毕业之前，甚至更早一些时候，她和何一为之间的情感游戏差不多就已经该结束了，为此她悲伤不已。但这并不妨碍他们交往，正像当今某些开放型的年轻人那样，她追求的是事物的过程，而不能过于看重结果。

尽管丁冬仍然像以前那样爱着他，他嘴上也说爱着她，但他们谁都清楚，这样的表白已经显得软弱无力。这没有办法。

随着时间的推移，丁冬越来越觉得何一为的身边布满了可怕的陷阱，他一不留神就会掉下去。她只能把对他的爱深深地埋在心里。她坚信这一份爱对于何一为而言，也许是世上最弥足珍贵的。

丁冬惟一能做的，就是等待一个结局。

现在，这个结局终于出现了。

但它远远地超出了丁冬的想像。

苏文这个名字，丁冬当然不会感到陌生。丁冬在媒介上见过她的形象，说不出是一种什么感觉。关于本市这位声名显赫的女大款，传说很多，很显然，人们关心的不是她的容貌，而是她的财富。不知有多少男人在暗地里打她的主意呢，做梦都想当她的郎君，进而占有和享受她所创造的财富。

现在好了，让傻小子何一为捷足先登了，那些对苏文垂涎欲滴的男人们，喝西北风去吧！

四月二十六日上午，丁冬的心里说不出是一种什么滋味。她反复捏弄着前男友何一为亲自书写的请柬,脑子里乱乱的。

在丁冬以往的印象中,何一为是极其清高自傲的,简直到了无以复加的地步。但是到了最后,一向视金钱如粪土的何一为,却偏偏和“金钱”结合了!他娶的不是一般的女人,而是省城一个最有名的女大款!

哈哈,是什么使他的变化如此之大?

这算不算堕落?

想来想去,丁冬找不出问题的答案。直觉告诉她,事情不会这么简单。

眼看五月一日就要来临,丁冬仍然在犹豫:去,还是不去?

她越来越对何一为的这个明显有些仓促的决定心存怀疑。用婚姻来掩饰自己残缺不全的感情,情况往往可能会更糟糕。难道生活中这样的例子还少吗?

最后时刻,丁冬还是决定去参加何一为先生和苏文女士的婚礼。丁冬想听听这出戏的开场锣鼓。当你带着挑剔的目光去看一场注定不会成功的演出时,它的开场往往就是个败笔。

五月一日上午,风和日丽。丁冬怀着悲壮的心情,离开宿舍,来到大街上。大街上游人如织,人们欢天喜地享受节日的乐趣。丁冬的这个节日却因为她所钟爱的何一为和别的女人举行婚礼,而使她郁郁寡欢,颇为失意。

丁冬站在马路边,等了好大一会才拦住一辆黄面的。司机是个六十多岁的老人,头发全白了。丁冬从来没有见过这么年老的司机,一个劲地打量他,心想他如此一大把年纪,还辛辛苦苦出来挣钱,挺不容易的。这年头,越活越累的人真是太多了。大家活着的目的似乎只有一个,那就是赚钱,拼命地赚钱。老司机觉察到了丁冬的诧异,亮开大嗓门主动介绍说,他本来已经退休了,可是儿子年前刚买了这辆黄面的,上路没几天,就被查出肝癌晚期,两个月后就死去了。他心里闷得慌,难受,就开上它出来转转,挣钱是次要的,散散心才是主要的。丁冬大受感染,说,大爷,您一定想开些,一切都是命中注定,谁也扭转不了啊!老司机说,我想得开,我想得开。你们年轻人遇事也要想开些,只要没病没灾的,比啥都强啊!

[illegible]后,丁冬抬腕看看表,发现比约定的时间早到了近一[illegible]责怪自己:你急什么,好像是你举行婚礼[illegible]

[illegible]后第一次参加婚礼。留在省城的同学们很[illegible]以后参加婚礼是少不了的。她说不准自[illegible]也许一辈子都做不了新娘了,她刻骨铭[illegible]投向苏文的怀抱,对她的打击是显而易见[illegible]不愿承认。

并不完全是因为失去了一个何一为。关键的关键是,对她心理上的打击。这个变故使她得出一个结论:两性之爱是靠不住的。

丁冬在金鼎大厦门前的广场上踱步,突然想起自己没有带任何礼物来,赶紧到马路对过的一家花店买了两束鲜花,然后回到广场上驻足观望。在她的记忆中,这是她第三次来这个金碧辉煌的地方。不久前报社派她来这里参加过一个新闻发布会,算是第二次来。最早一次是同何一为一起来的,那时他们正在热恋,他们在大街上轧马路,三转两转就到了这儿。他们看到,数不清的进口轿车鸣着喇叭像疯狗一样乱窜,敢到这里来的也就是那两类人:官员和先富起来的生意人。当时,她用欣赏的眼光打量着金鼎大厦周围的一切,看到大厦门口光可鉴人的台阶上,站着英俊高大、肩上垂着金色流苏的保安先生和侍应生。有很多好奇的市民隔着花坛和音乐喷泉仰望大厦气势逼人的主体建筑。当时她的眼里一定是流露出了羡慕的目光,引起何一为的不快。何一为闷声闷气地对她说:“不要眼馋这些!一切都不过是过眼烟云罢了。”

丁冬反驳道:“我眼馋没关系,就怕你眼馋。男人嘛,总是最先经不起诱惑。”

何一为说:“丁冬,你说得对。不过我可以告诉你,我是能够拒绝诱惑的。如果这个世界上只剩下一个不被诱惑的男人,那么,我希望你相信,那个人就是我。”

丁冬说:“一为,你太自信了。但愿你说到做到。”

何一为说:“那就让时间来证明吧!”他们击掌,以示决心。

就在那天,何一为告诉丁冬,金鼎大厦的主体建筑占压了一座古老的四合院。这个地方过去的门牌号是剪子巷19号。那座北方风格的四合院里,曾经有一棵枝繁叶茂的洋槐树,每到夏季,洋槐树上会冒出很多“吊死鬼”,它们挂在空中荡来荡去,人们从树下经过,一不留神就会让它钻到脖子里,吓你一大跳。有个小男孩在那棵树下生活了五年多。那是他最幸福的人生时光。

丁冬疑惑地望着何一为。何一为加重语气说:“那个小男孩,就是我。”

丁冬颇感惊异。她因此而多多少少了解了一些何家的过去。

何一为最后说:“如果将来我有了钱,就把这座大厦买下来,然后推倒它，重新在这儿建一座四合院，再栽上一棵洋槐树……”他自嘲地笑了笑，又说，“这当然是不可能的，我怎么会有那么多的钱？做梦去吧！”

丁冬回到现实中来。时间过得很慢，她感到百无聊赖，不停地东张西望。大堂门口的两根大理石顶梁柱上，不知何时被人贴了两个大红“喜”字，显然是为何一为苏文夫妇预备的。可是，仍然不见新郎新娘的影子。

这时，慢悠悠走过来一位老态龙钟但衣着华丽的老太太。老太太手中牵着一条血统高贵的外国公狗，那条狗全身的毛几乎都被剪光了，惟有肚腹上生殖器周围还留有一撮，使它那高贵的生殖器看上去非常显眼。丁冬感到好笑好玩。经过丁冬身边时，外国公狗突然冲她露出和蔼、慈祥的微笑，吓了她一跳。老太太也露出一个雍容华贵的笑容，对丁冬说，小姐，不用怕，约翰对小姐们最友好。老太太牵着公狗离开后，丁冬想，这世道真是变了啊。

大厦门前的人渐渐多了起来。终于，几辆豪华轿车沙沙地驶过来，在大理石台阶下停住。从头一辆车上钻出身着节日盛装的何一为和苏文。人们围过去，说着贺喜的话。丁冬站在稍远一点的地方，她的目光躲躲闪闪，不敢往何一为的脸上看。但又不可能不看。她看到几个月不见的何一为，她曾经热恋的男友，满脸洋溢着喜气，不停地冲围上来的人抱拳施礼，像个老练的外交家似的，俗气得很。他在丁冬眼里，变得陌生了。丁冬觉得，这个人已经不是先前的那个何一为了……

世事难料啊！丁冬在心里感叹。

丁冬接着把目光扫向苏文。她看到新娘子绝不像她想像的那么丑陋。苏文甚至比她还要漂亮，具有成熟女人独特的风韵。丁冬为自己贫乏的想像感到脸红。她用挑剔的目光继续观察，透过新娘脸上的浓妆，她还是觉察到了，新娘的年龄明显比新郎大。苏文的眼角和额头上已经透示出了若隐若现的纹络。她是一个饱经沧桑的女人。

何一为终于发现了丁冬，他眼睛一亮，急忙拉着苏文的手，款款地走过来，分别把丁冬和苏文做了介绍。丁冬把两束鲜花献给新郎新娘，并向他们表示诚挚的祝福。苏文高兴地握着丁冬的手说："丁小姐，虽然我们第一次见面，但我早知道你了。一为多次向我谈起你，他说你们是很要好的朋友。"

丁冬想说话，又不知说啥好，只能一个劲地说，谢谢，谢谢。

这一年何一为二十七岁，苏文三十岁。他们这种"少夫老妻"式的闪电般的组合本身就是一条花边新闻，何况苏文又是一个引人注目的人物。他们刚一下车，就有很多人围观，包括几个金发碧眼的外国人。金鼎大厦的老总，一位大腹便便面庞赤红的中年人赶紧张罗着让他们进餐厅。

场面并不像丁冬想像的那样盛大，客人并不多。大多数客人是海天公司的职员。竟然不见一位党政领导。凭苏文的能力，请几位省里和市里的头面人物来壮壮声势那简直易如反掌，可是官员一个也没到场，看来主人有意缩小范围，以避开公众的注意。新娘子连婚纱都没穿，而是身穿红色的西服套裙，说明这天的婚礼就不搞具体的庆典仪式了，朋友们到场吃顿贺喜的饭而已。

果然，有位司仪模样的人代表新郎新娘向所有到场的客人致谢后，酒宴就开始了。丁冬注意到，所有的客人中，惟有她算得上是何一为的朋友。想想也不奇怪，在这座三百多万人口的城市中，何一为确确实实只有她一个朋友。如果她不来，他就连一个朋友也没有了。

十分有趣的是，丁冬看到了曾与她热恋过一段时间的汪家林。汪家林坐在一个角落里，情绪十分低落，脸色也不好看。听同桌的人打趣说，汪家林苦苦追了苏文两年，眼见着就要大功告成，谁知闯进来一个何一为，一下子就把苏老板俘虏了，汪家林眼看煮熟的鸭子又飞了，落得竹篮打水一场空，真是个倒霉蛋，几乎气得吐血……

丁冬哑然。如果这些话属实，那么，说明汪家林又一次败给了何一为。

如果同桌的人知道她也曾是汪家林的女朋友，后来被何一为俘虏过来了，那么，他们更会笑掉大牙。这世界，越来越有趣了呀。

想想吧，汪家林也真是够倒霉的，他先后追求过的两个女人都成了何一为的，这可真是要他的命！看来何一为是他天生的情敌和克星。

本来汪家林是想借故不来赴喜宴的，他推脱说眼睛不大好，要去医院看眼睛。与他同病相怜的王静劝他道，汪主任，你去看眼睛，别人就会说你得了红眼病。所以，无论如何得参加。就这样，他硬着头皮来了。

王静今天要担当伴娘的角色，需时时刻刻陪侍在苏文和何一为左右，她痛苦的心境更是可想而知。身边的这个男人，这个英俊潇洒、高雅圣洁的男人，只差一点就是她的，可转眼之间，成了别人的，要和别人同床共枕，叫她如何不伤悲。可是，她还得陪着笑脸，充当这个尴尬的角色……王静端起酒杯，莫名其妙地干了一杯。想想不过瘾，她又站起来，用目光寻觅到躲在阴暗角落里的汪家林，冲他举举杯子，接着把一杯酒送进了喉咙。

客人轮流向新郎新娘敬酒，何一为不胜酒力，基本上都由苏文代劳。苏文的酒量大得惊人，像一位旧时代的女首领。她太高兴了，太幸福了，所以谁来敬酒她都不拒。有人粗略给她计算了一下，说是开宴不到半小时，她就喝下了一瓶五粮液。她是婚宴上真正的主角。

丁冬望着杯中名贵的液体和桌上丰盛的食物，却是一点食欲也没有。惟有飘荡在大堂里的柔和的音乐，能够唤起她点点滴滴的情愫。她的目光主要停留在何一为身上。她见何一为的情绪的确不错，脸上的笑容温和、放松、平静、轻快、典雅、高贵。丁冬打心眼里为他高兴。这个她所眷恋的男人，其实是个内心十分脆弱的人，忧郁成性，一碰就碎，一触即溃。他若能就此得到幸福，她当然真心为他高兴，为他祝福。因为她天生就不是一个小肚鸡肠的女人，她遇事能够想得开。

喜宴进行到高潮时，何一为端着杯子，摇摇晃晃径直来到丁冬面前，他说："丁冬，你也结婚吧！一个人多没意思。"

丁冬不置可否地笑笑，与他碰杯，咬牙咽下一口苦酒。她想对他说，亲爱的，你以为你真的找到幸福了吗？你可要当心，因为幸福不会简单到一结婚就来临的地步，而且结婚往往是苦难的开始，婚礼进行曲只不过暂时将苦难掩盖罢了。人类没有力量抵御婚姻的诱惑，所以人类只有在苦难的河流中踉跄前行……

丁冬什么也没说。她突然感到脑子里乱糟糟的，眼泪要流出来，赶忙

起身向卫生间走去。她用冷水浸了浸脸，才觉得好受些。她松弛一下身心，走出卫生间，见何一为站在不远处，好像在等她。她小声说："一为，你没事吧？"

何一为表情凝重地叹口气，挤出一个古怪的笑，然后说："冬冬，你以为我很幸福是吗？其实我的心情只有我自己清楚。从前，我无数次幻想未来的生活，为自己设计了许多条道路，单单没有想到会是这样的结局。我问自己，这就是幸福吗？我回答不上来，或者说我没有勇气回答这个沉重的问题……"

丁冬愣怔着，不知该说什么。她突然想起他们初恋时的那个风雨之夜。这一切预示着什么呢？丁冬不敢往深里想，她感到了恐惧，不由打了个哆嗦。恐惧像黑暗中的潮水，正一浪一浪地向她袭来。

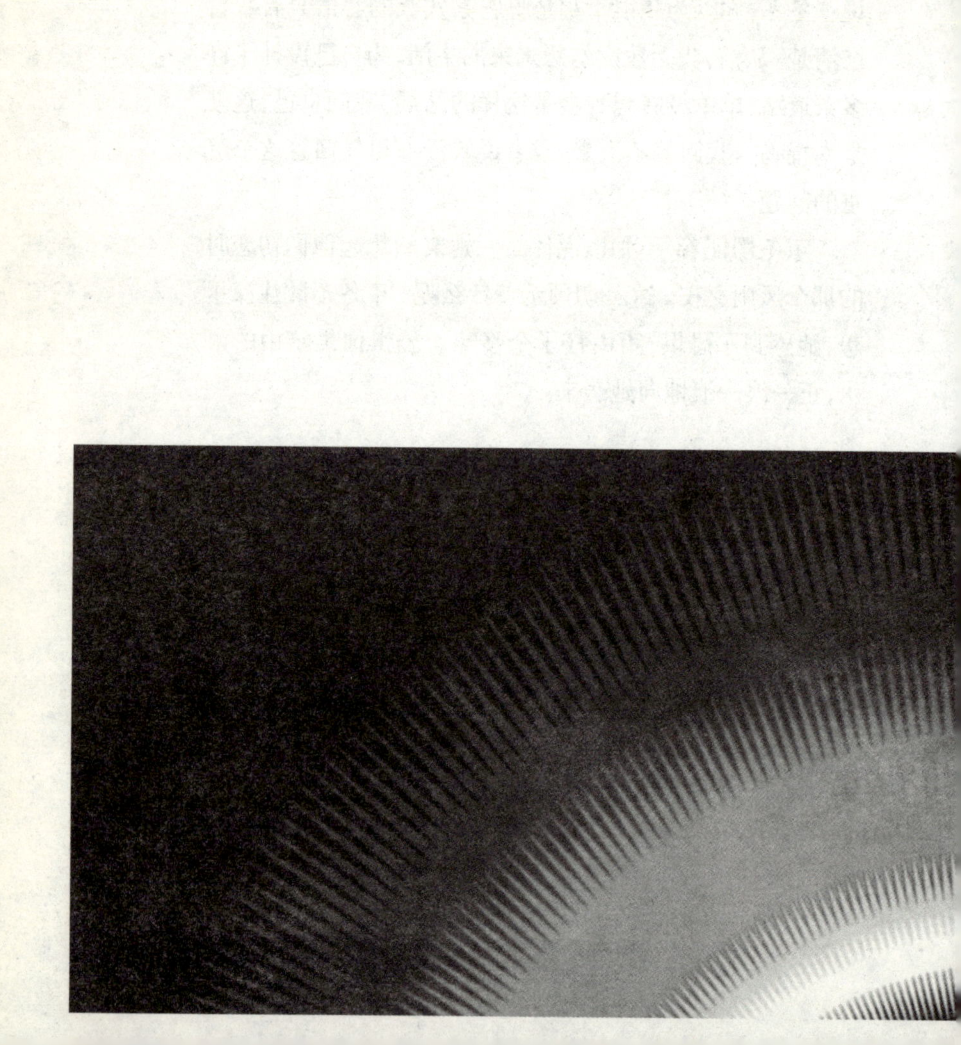

11

苏文在省城南部的小汤山高级住宅区买了一栋两层的小楼，作为她和何一为的婚房。这个地方依山傍水，阳光充足，环境十分优美。有资格住进这里的都是本城有名的大款和部分握有实权的政府官员。半个多月前，苏文开车带何一为来小汤山看房子，苏文问他："满意吗？"

何一为说："我没有什么满意不满意。你看着满意就行。只可惜这房子不是我为你买的。"

苏文伸出食指在他鼻子上轻轻刮了一下，嗔怪道："小傻瓜，都这时候了，还分什么你我。我的就是你的，你的就是我的；我就是你，你就是我，我们两个最好变成一个人，明白吗？如果你愿意，结婚后你来当海天公司总裁，我退居二线，在家做家务养孩子当全职太太，心甘情愿侍候你！"

何一为叹口气。他无话可说了。

结婚那天，一直到夜幕降临，前来贺喜的客人才走光。随即电话铃声响个不停，电话每次都由苏文来接，因为全都是她的熟人，都是打电话表示祝贺的，有工商、银行、税务、外贸部门的官员，有来往比较密切的客户，还有几位省、市的领导。他们无一例外地都责备苏文，结婚连个招呼都不打，保密工作做得蛮好嘛，弄得他们想讨杯喜酒喝都不成。苏文津津有味地同他们周旋，逐一向他们表示感谢，再三说不想惊动各位的大驾，

改日再另备喜酒,当面谢罪……

苏文一副兴高采烈其乐融融的样子。何一为却感到疲倦和烦躁,内心空落落的,仿佛处在一个纷乱的梦中。他趁苏文刚接完一个电话,问苏文:“他们都得过你的好处吗?好像你是国家领导人似的,这些人争着来电话讨好你……”

苏文并未觉察到何一为的不快,哈哈笑着说:“那当然。不过呢,也不能这么说,我也得到过人家的关照,大家彼此彼此嘛。亲爱的你记住,生意场就像过去的江湖,人在江湖,身不由己,就这样。慢慢你就会习惯的。”

苏文显然是太兴奋了,整整一天话格外多。平时她十天都说不了这么多话。中午她喝了差不多二斤五粮液,一点都无醉意,令人大开眼界。

何一为哼了一声。他想,我永远都不会习惯的,一听生意场上的事我就头疼。生意场上没有真诚,都是互相利用,惟利是图,甚至互相倾轧。生意场和官场差不多,糟糕得很,混乱得很。社会风气越来越糟糕,你们这些生意人有着不可推卸的责任……如果不是考虑到今天是他们大喜的日子,苏文的兴致又高得像飞上天,何一为会冲口而出的。

见何一为郁郁寡欢,坐在意大利真皮沙发上一言不发,苏文意识到自己光顾接电话了,可能冷落了何一为,就说:“好吧,亲爱的,我把电话线拔掉,让他们谁也打不进来,免得老搅扰咱俩。”她伸手把电话机的连线扯了下来。

夜渐渐地深了,不远处湖水的波涛声隐约传来,使风景胜地小汤山的夜晚更显静谧。苏文靠近何一为,抚摸着他的双肩,说:“一为,亲爱的,你不高兴吗?”

何一为马上说:“不不,我很高兴。因为太兴奋了,兴奋得有点过头,所以,我感觉有点累了。”

苏文说:“应酬了一天,我也累了。那我们早点休息?”

何一为茫然地点点头。

苏文起身去卫生间放热水,哗哗的流水声有些刺耳。紧接着,苏文大声喊他,催他洗个澡。何一为说:“你先洗,我等等。”苏文没再说什么。

趁这个工夫,何一为强打精神站起来,在他们上下两层的新房里转悠了一遍。他实在弄不清到底有几间房子,最高档次的装修水平,名贵的进口家具、高档电器,闪耀着奇光异彩,周围好像布满了眼睛,它们不停地冲他挤眉弄眼,似乎在嘲笑他的渺小和贪婪。他禁不住问自己:“何一为呀何一为,你奋斗了这么多年,追求了这么多年,难道仅仅是为了得到这些冰冷的玩艺吗?你原本是不看重甚至讨厌这些东西的,可你却不费吹灰之力得到了。对此,你怎么解释呢?……”

一种失败的情绪瞬间笼罩了何一为。他早就有这样的预感,那就是他永远会像一条在汪洋中漂泊的航船,很难找到避风的港湾。在白天乱哄哄的婚礼上, 他已经意识到结婚不过是给自己戴上一副枷锁而已,根本解决不了什么问题。当然,苏文是非常爱他的。苏文外表冷淡,内心火热。苏文其实是个很注重感情的女人,把爱情看得至高无上,不然她不会等待那么久。这大千世界,好男人有的是,可她偏偏看上了他何一为。一想到她把他看得那么神圣,非他不嫁,他马上就感到有一份莫名的沉重感。我能承担起她的爱吗?我能为她带来幸福吗?我果真像她认为的那么有魅力吗……

这一个一个的问题，压得何一为喘不过气来。

他实在找不出答案。

后来，他又回到一楼大客厅里，躺在宽大的意大利进口沙发上睡着了。恍惚中觉得脸上湿漉漉的，猛一睁眼睛，看到苏文正伏在他身边吻他的额头。他呼地坐起来，抓住苏文的手说："真对不起，我可能太累了。"

苏文没一点责怪他的意思，她含情脉脉地说："是的，这几天把你折腾坏了。我向你保证，以后会好的，我们会过上富足、安定的生活。亲爱的，你不要想得太多，不要以为我们俩之间有距离。现在，你的任务是去洗个澡，我已经替你放好了水。"

何一为说："我不想洗。我身上不脏。"

苏文说："不洗就不洗。我们……我们上床吧……我都有点……等不及啦……"

苏文边说边羞涩地垂下脑袋，把脸埋进他怀里，意思再清楚不过：让他抱着她去二楼卧室。他拦腰抱起她柔软的身子，踉踉跄跄上楼。他走得很吃力，并非他没有力气，而是他心里太虚弱了。好不容易来到卧室，他气喘吁吁，几乎虚脱。苏文认为，他可能是过于冲动所致。

卧室也布置得琳琅满目，像古时候的宫殿。何一为觉得那些昂贵的物品在他的周围不停地旋转，它们不停地挤压他，让他呼吸变得困难。

下面要进行的节目只有一个，那就是男欢女爱。这可是人生的重头戏，何一为曾经为这场重头戏设计了许多场景，就是没想到当这场戏真正来临的时候，他却没有获得一个好心情。他觉得自己还没有准备好，就被人催促着来到了舞台上。要演什么戏，他全然不知。

想到下面要做的事情，他突然感到莫名的恐惧和战栗。苏文微闭着眼睛，嘴角挂着笑意，期待着那个庄严、美丽、神圣的时刻。为了掩饰内心的空虚，他像一个强壮非凡的男人那样，像一个凶恶的暴徒那样，蛮横地抱起苏文，狠狠地把她扔到泰国制造的雕花红木大床上，然后扑上去疯狂地吻她。她极力地迎合他，幸福得不行，呻唤不已。她抽空儿插话说："亲爱的，就要这样……正因为有了你，我才觉得自己成了一个快乐的女人。现在我什么都不缺了，什么都有了，你说呢？我是世上最幸福的女人……"

苏文的话令何一为吃惊不小。他断断续续地想，难道在她眼里，我也是她的一件物品吗？我等待了那么久，等待来等待去，难道就是为了使自己变成她手中的一件物品吗？她说她喜欢我，不知说了多少遍，说是没有我她就没法生活，她到底喜欢我什么？还有，我也曾经向她表白我喜欢她，我到底喜欢她什么？喜欢她的财富？喜欢她的地位？还是喜欢她不平凡的人生轨迹？喜欢她经历过的风风雨雨……天哪！我是越来越糊涂了……

恐惧像冰凉的雾气一样迅速浸透了何一为全身。他的心更像是结了一层厚厚的硬壳。他喘息着停下来。原来忙活了半天，他才发现他们居然忘了脱衣服。他们竟然在穿着衣服瞎忙活。何一为颓丧地放开苏文，蹲在床边大口大口地喘息。苏文仍然沉湎于激情的氛围中，好久才发现何一为的异常，她坐起来，说："亲爱的，你怎么啦？是我哪儿不好吗？"

何一为抹一把脸上的虚汗，结结巴巴地说："不是的，不是的……只

是我还不习惯这样的生活……”

苏文宽慰道:“我也不习惯，我有点怕，但我渴望你……”她说不下去了,脸上布满了红晕。

苏文主动拥抱何一为。何一为觉得灯光太刺眼了,提醒苏文关上台灯。苏文其实是不想关灯的,她想清清楚楚地见证这个历史性的时刻。见何一为态度坚决,她顺手关上了台灯。这个晚上没有月亮,屋子里一片漆黑。他们倒在床上,各自脱光了衣服——这多乏味啊,自己脱自己的衣服——但是没办法,他们都还没有脱别人衣服的经验。

何一为完全缺乏这方面的经验，黑暗中乱了方寸,总也理不出头绪。苏文的皮肤好像很粗糙,乳房也不坚挺,骨骼更是出奇地硬,硌得他很不舒服。他不由地想起美少女王静的胴体,那具差点引他上天堂也差点领他入地狱的胴体。都是过去的事了,他无端地伤感了一下。苏文似乎显得比何一为还要无知,折腾了半天,他们仍然一事无成。绝望的感觉使何一为大汗津津,浑身一点力气都没有了,根本不像个正常的、健康的男人。最后还是苏文比他有耐心,比他冷静,帮他迈出了关键性的一步。他进入了她。但随即她发出一声撕心裂肺的惊叫。何一为吓得一哆嗦,慌忙停止了动作。苏文打开台灯,坐起来,何一为看到了床单上的一摊呈放射状的血迹。

天哪！她竟然是一个处女身。

何一为简直有点不敢相信自己的眼睛。而以前他对这个是不抱什么幻想的。当然他也绝对不在乎这些。处女不处女的，都什么年代了，谁还计较这个。然而他对自己是要求严格的，他绝对不允许自己乱来，所以他基本做到了守身如玉。

苏文再一次扑到他怀里，用委屈的、疼痛的、伤感的、欣喜的、幸福的、富有成就感的复杂的口吻说："亲爱的，你看到了吗？我一直等待着你的出现，所以一直给你留着呢……"

何一为咕哝道："我看到了。但我也想告诉你，我也从没碰过别的女人……我是说，没有过实质性的内容……"

苏文继续撒她的娇。许多年来，她其实没有多少撒娇的机会。她说，你还是个童子身?太不可思议了，像你这么英俊标致的小伙子，想找女人那是太容易了。不过，是不是处男，可是没法鉴别呀。何一为说，你的意思是说，我已不是处男了？苏文拍拍他的脸蛋说："亲爱的，我不是那个意思。别说你是个处男，即便你以前有过女朋友，我也不在乎，只要以后我们相互忠诚就行了。"

对于何一为来讲，这个话题确实是多余的。他不知道人们在新婚之夜是否都要议论这样的话题。看来是少不了议论的。他觉得他问心无愧，这就行了。

事情刚开了个头，还得继续做下去。苏文坚持开灯做，她说要好好看着何一为。她像被抽走了筋骨一样，软软地躺下。但在刺眼的灯光下，何一为却觉得无地自容。他一点也感觉不到美。他甚至认为，他们是在干一件见不得人的、极其丑陋的事情。就像做贼一样。双方的裸体他怎么看都觉得别扭。他没有任何的快感。他感到灵魂慢慢地游出了他的躯壳，他变成了一块冰冷的石头。于是，很快他就变蔫了。他咬紧牙关，用最后的力气，作最后的冲刺，浇灌着属于他的这朵迟开的花。

这真是一个糟糕至极的新婚之夜。它与何一为想像中的千差万别。

费了九牛二虎之力，把吃奶的劲都用上了，他总算应付过去了。好在苏文很知足，完事后满意地睡去了。在原本最甜蜜的时刻，何一为却怎么也觉不出自己的幸福在哪里。它像一个巨大的阴影，在以后的岁月里时常压迫他，令他无力自救。

到后半夜，他终于沉沉睡去。苏文的一只胳膊压在他的胸膛上，他有点呼吸不畅。后来，他梦见一个粗壮的男人在阳光下向他走来。阳光太刺眼了，他看不清那人的脸。那人走近了他，这时阳光突然被乌云遮住了。他这才看清，那粗壮的男人是他的顶头上司汪家林。汪家林冲他龇牙一笑，他也冲汪家林笑笑。汪家林以迅雷不及掩耳之势从怀里抽出一把闪着寒光的牛耳尖刀，抵在他胸脯上，说，你抢了我的女人，你抢了我的财富，我要跟你拼命！他吓坏了，哆嗦着说，女人和财富，我都不想要，你拿去吧。汪家林一愣的工夫，他拔腿就跑，边跑边大喊救命。汪家林在他身后紧紧追赶，有好几次，牛耳尖刀的刀尖抵近了他的后脑勺。周围有很多人围观，但是没人上前帮助他。人们津津有味地看着热闹，齐声说，你们两个决斗吧，谁赢了，女人和财富就归谁。眼看汪家林追上了他，他脚下一滑，摔倒在地。汪家林狞笑着，手中的尖刀直逼他的胸膛。汪家林说，我要把你的心挖出来，拿到太阳底下晒晒，它快发霉了。他惨叫一声，把苏文惊醒了。苏文手忙脚乱地打开灯，急煎煎地说："一为，你怎么啦？"

他像个受到惊吓的孩子那样缩进苏文的怀抱，浑身大汗淋漓。过了好一会，才说："我梦见汪家林拿刀杀我，说我抢了她的女人和财富。太可怕了……"

苏文如释重负地笑了："不过是个梦嘛。汪家林哪有这个胆量。"

何一为困难地摇摇头："你可不要小瞧汪家林。我预感到他会报复的。今天在婚宴上，他的眼睛通红通红，像个输光了的赌徒……他说我抢了他的女人，你是他的女人吗？"

苏文耐心解释道："亲爱的，你千万别胡思乱想。我从没向汪家林允诺过什么。他对我有想法，这我知道。但我对他却是一点感觉也没有。即便我们不认识，我也不会嫁给他的。他怎么能和你比？他哪一点都不如你啊！再说，我待他不薄，想当初他换了两三个单位，都不满意，是我收留了他，把他放在重要的岗位上，让他拿高薪，给他配了车子，给他分了房子，他得感激我才是，怎么敢报复你，我量他没那个胆量。一为，你就放宽心吧！"

何一为和苏文永远不会知道，这天晚上，汪家林也是在狂躁中度过的。他和王静在一起。婚宴散场之后，人们很快就走光了，汪家林最后离去。在大厦前的广场上，汪家林看到了一步三晃的王静。王静打算步行回家，她家离这儿很近。这两个今天最失意的人遇到一起，就算是有共同语言了，觉得格外亲。汪家林说，王静你可真行，这种破酒你也肯喝？我是一滴也没沾，我觉得恶心。王静说，今朝有酒今朝醉，管它什么酒呢。汪家林说，都是那个姓何的小子闹的，他把咱俩的心情都给搅坏了。王静舌头都快打不了弯了，她说，我无所谓，汪大哥，你是输给他了。

他们聊了一会，汪家林把车开过来，王静坐上他的车再正常不过了。汪家林拉着王静在市里瞎胡转，天黑后，他们找了个小饭馆接着喝。这回汪家林放开了喝，一会就喝醉了。王静也跟着喝，越喝越醉了。他们不知道怎么来到汪家林住处的,进屋后一个滚到床上,一个在沙发上,倒头就睡着了。半夜,汪家林先醒过来,他弄清形势后,三下两下就把王静扒光了。王静稀里糊涂就让他给睡了。既然已经这样,王静也就不再反抗,任凭汪家林折腾。

天快亮了。在小汤山的别墅里,苏文安慰了何一为一番,很快又睡了。何一为回味着刚才那个骇人的梦,睡意全无。焦虑和恐惧使他浑身乏力,几近虚脱。他居然又回忆起了少年时代在母鸡脑的野地里做过的那个噩梦,小寡妇戴风莲的死鬼男人手提利斧的凶煞模样占据了他的脑海。他还想起,就在那天夜里,他的父亲跌下了山崖,摔成了一砣肉饼。这两个梦之间难道有什么瓜葛吗?我为什么在新婚之夜原本幸福的时刻梦见那样的场面……他不敢往下想了,只有睁着眼睛等待天明。

从此,这个极不成功的新婚之夜像一块沉重的石头,一直压迫着他。很长一段时间里,他们床上的生活一塌糊涂。尽管苏文反反复复安慰他说,没什么,没什么,这样很好,生活毕竟不全是干这种事情,只要我们两心相爱,比什么都强。她还说,我很知足了,这还不够吗?

然而,何一为仍旧是无法解脱。他甚至害怕夜晚的来临。当然,他们偶尔也有成功的时候。每逢完事之后,苏文脸上流光溢彩,十分爱惜地抚摸着他的脸蛋,说:“亲爱的,我太幸福了。”

听她说完,他不由得哆嗦一下。她的意思再清楚不过:

她今天是十分满足的,而她以前是很少满意的,哼!她嘴上说不在乎床上的事,认为那没什么,其实她比谁都在乎。于是,他的情绪顿时一落千丈,恐惧感霎时便攫住了他,短暂的快乐像一股轻烟,消失得无影无踪。他反复地问自己:什么才叫幸福?难道非要达到高潮才叫幸福吗?没有高潮难道就没有幸福吗?能简单地在高潮和幸福之间划等号吗?妓女也有高潮的时候,妓女能有幸福可言吗?

他找不到任何的答案。

新婚第三天,他们就坐飞机离开省城,外出度蜜月去了。苏文临行前匆忙宣布了一项决定,任命汪家林为公司副总经理兼计划财务部主任,在她外出期间,替她主持公司日常事务。何一为对苏文说:“你是不是觉得自己欠汪家林的,用这个办法来弥补一下?”

苏文脸红了红,有些不悦:“这是哪跟哪。我早就有这个打算,一直没来得及落实。现在条件成熟了嘛,况且汪家林也确实为公司做了不少贡献,他是公司第一个硕士研究生。”

见何一为沉默不语,苏文又补充说:“一为,公司的摊子越摆越大,应当尽可能考虑周全些,因为光靠咱两个人不行,说穿了,要靠汪家林他们给撑着。亲爱的,你得理解我的苦衷呀。”

何一为说:“但你目前这样做,别人只能认为是你真欠了他的。”

苏文有点急,使劲摆着手说:“你想叫我怎么办?炒他的鱿鱼吗?”

何一为赌气道:“我没这样想!我怎么会这样想?你小瞧我了吧!”

苏文只好又换了副笑脸,像大姐姐哄小弟弟那样,拉着何一为的手说:“好啦好啦!咱不说这些了,公司的事你不用操心,只要有我,你什么也别怕。将来我退居二线后,有你操心的时候。现在,你只管享受新生活的乐趣吧!”

他们先去广州，然后去海口、三亚、深圳、珠海、香港、澳门和东南亚。整个行程安排得满满的，很像国家领导人出访。每到一地，总有海天公司的客户以及苏文生意场上的所谓朋友出面请吃饭、跳舞、打保龄球。都是些商人，一身铜臭气，讲话就像谈判，随时忘不了他们的生意，张口闭口你赚多少我赚多少，虚假极了，恶心极了。整天和这类人混在一块，何一为的心情可想而知。但苏文却津津有味，乐此不疲，从容周旋，滴水不漏。蜜月结束的时候，苏文胖了不少，说这是她多年来最放松的一段时光；何一为却瘦了一圈，脸上的棱角显得更加分明。在女人们眼里，或许更显酷了。

回到公司，就听到汪家林和王静结婚的消息。苏文和何一为虽然感到突然，但又都觉得这是好事，苏文特意多批给他们半个月的婚假。几天后，汪家林请苏文和何一为喝喜酒，说全公司的人都喝过喜酒了，就欠总裁夫妇俩了。苏文携何一为愉快地前往。结果汪家林喝得烂醉如泥。何一为从汪家林的目光里看出，他们之间的事情并没有完结。

独角兽丛书

DuJiaoShou

像纸片一样飞

12

126-127

12

生活又恢复了常态。生活基本上还是老样子。

苏文整天忙于公司事务，在下属面前，她仍然是一副雷厉风行、处事果断的样子。她不想因为结了婚就把自己变得婆婆妈妈，从而失去总裁的威严和惯有的风格。当然，变化还是有的。她比过去爱笑了，话增多了一点，也显得热情了。她说这是爱情的力量使然。一个幸福的女人怎么能不变得和善、温柔呢？

那段时间，公司的业务形势良好，账面上的赢利数字迅猛增加，苏文春风得意，尽兴品尝爱情和事业的累累果实。她认为照这个势头发展，用不了几年，海天公司就会成为本市最有实力的民营企业，在全省，也能够挤进前二十名。这是相当了不起的成就。

有一天苏文心情好，推掉应酬，专门开车把何一为拉到金鼎大厦，就他们夫妻二人对饮。苏文举起杯子，含情脉脉地对何一为说："亲爱的，公司目前的好运气好形势都是你带来的，我要感谢你！"

何一为看不出自己为她带来了什么，他说："我带来什么啦？我不是摇钱树，别人说，我只是一个沾老婆光的小男人。听到这话，我不生气。我想，这话也是有道理的……"

苏文赶紧夹起一片冰镇生虾片塞进他嘴里，嗔怪道："以后不许再说这样的话。要不我生气了。"

何一为说:“你生气吧,我还没见你生过气呢。我想看看是什么样子。”

苏文说:“小傻瓜,我真要生气,会把你吓坏的。我以前在公司经常发火,职员们见了我就躲。不过,都是为了生意,都是针对事,没有针对人。当然我不会冲你发火的,你是我的至爱,我哪敢批评你。你批评我还差不多,我会虚心接受的。”

何一为说:“我这个人长这么大,很少发脾气。以后也不会。”

苏文鼓励他,说:“你是男人嘛,是一家之主,是咱这个小家的顶梁柱,该做决定的时候就要做,千万不要客气,跟自己老婆有啥放不开的,你放心,我一定服从命令听从指挥……”

这天晚上,他们聊了很多,很放松,很随意,很愉快。饭毕,他们又到九楼的夜总会跳了一会儿舞。何一为的舞姿相当不错,当年在学校时就挺有名,只是他很少跳罢了。他天生就是个跳舞的高手,曲子一放,感觉就来了。苏文紧紧依偎着他,娇柔地说:“亲爱的,今晚你太迷人了。我恨不得立马就把这个舞厅买下来,就咱两个在这儿跳,跳到天亮,跳一百年……”

何一为想,这才是他所希望的生活。结婚以来,这个晚上是最令他开心的。

公司的效益好,员工们的收入也跟着水涨船高,大家口袋鼓了,都乐呵呵的。见了何一为,都拿话恭维他,仿佛是他为大伙带来了好处。

何一为在家休息了三个多月的时间，秋天到来时，他决定继续到公司计划财务部上班。他不能不劳而食，他要工作。此时的汪家林当然不敢再给他脸色看，反而处处表现出毕恭毕敬的样子，大事小事都找他商量。何一为有些过意不去，说："汪主任，老汪，你是我的领导，我应该听你的，你不必客气。"

汪家林哈哈笑着说："哪能呢哪能呢，您是我们苏总裁的当家人，我们听您的，就是听苏总的，对不对？"

汪家林明明在拿话噎他，还让他无话可说。后来，类似这样的对话经常发生。何一为突然感到很烦躁。在公司里，不仅仅是汪家林，似乎人人都和他隔着一层，尤其是一些未婚的男职员，仿佛都和他有着夺妻之恨似的。他们或许认为，让这个傻小子捡了个大便宜。他们在公司辛辛苦苦干了好几年，都没得到苏文的垂青，反而让这个家伙轻而易举得到了，这叫来得早不如来得巧，真是岂有此理。

这让何一为大伤脑筋。

更要命的是，他成了新闻人物，本市知道他的人越来越多，有不少当初根本没什么交情的大学同学也打电话来，拐弯抹角追根问底。走在街上，居然有人在背后对他指指戳戳，说他傍了个女大款。天上落馅饼，小子发横财了！祖坟冒青烟了！听到这样不恭不敬的话，他气得浑身哆嗦，嘴唇乌紫，脸色苍白，手脚冰凉，恨不得上前指着对方鼻子斥责：你们小瞧了我，我是图她的钱财吗？不是的！我这一生最瞧不起的就是钱财！钱财在我眼里，就跟粪土一样，甚至连粪土都不如啊！

他想大声喊，但没有目标。喊给谁听呢？说他闲话的人像鬼魅，你听得见，却看不清他是谁。再说，他这些话谁又会相信呢？事实胜于雄辩，

事情明摆着嘛，你何一为找了个比你大三岁的女财主，她的相貌很一般嘛，乍看上去你们很不般配嘛。她凭什么值得你爱？有那么多年轻漂亮的女孩子追你，你视而不见，偏偏看上了一个比你大三岁的半老徐娘，你用心何在？……固然，她有大把大把的钞票，本城很多男人在觊觎她的金钱，做梦都想占有她和她名下的财富，想想那是些多么卑鄙的家伙啊！为了金钱可以出卖灵魂。可现在，是你和这个大富婆结合了，把那些居心叵测的家伙甩在了身后。你成功了，他们失败了。虽然你标榜自己，自视清高，其实你和他们还不是一丘之貉……

想到别人对他的轻蔑，何一为就痛苦不堪。

何一为简直有点无地自容了。

在公司里，何一为除了面对汪家林之流射向他的明枪暗箭，同时还要面对海天公司最高领导——他的老婆苏文。见别人在苏文面前点头哈腰仿佛没有骨头的样子，而苏文又颐指气使说一不二，他看不惯。不是说人人都平等吗？他们的人格哪去了？你苏文像个女皇似的，太嚣张了。有一天，何一为去了总裁办公室，他指着自己的鼻子，对苏文说："难道我也要像公司里那些庸庸碌碌的职员一样，不停地向你请示汇报吗？"

苏文用公事公办的口吻说："首先我给你更正一个概念：海天公司没有庸庸碌碌的职员，这里所有的职员都要精明强干，否则他就要走人。然后我再告诉你，你不用直接向我请示汇报，因为按照公司规定，你应该先向你的直接上司，也就是汪家林主任请示汇报，再由他决定，是否向我请示汇报。”

何一为惊愕地瞪大眼睛：“你是说，我连向你请示汇报的资格都没有？”

苏文一本正经地说：“正常情况是这样。当然也有例外，比如情况紧急时……”

何一为肺都要气炸了，他打断苏文的话：“好啊，你竟然这样对我说话！……”他气得语塞。苏文把自己的水杯递给他。喝了两口水后，他的气也消了大半。

苏文“咯咯”笑起来，几乎笑出了眼泪：“一为，你是我的下属，在单位，必须遵守公司的各项制度。当然，在家里你可以随便，反过来我向你请示汇报也行。你是我的皇帝，我愿意侍候你。”

何一为咕哝道：“我就不明白，我为什么连向你请示汇报的资格也没有……简直莫名其妙……你的门槛也太高了……”他嘟嘟囔囔下了楼。

苏文一笑了之。她越来越发现她的老公天真无邪。他太天真了。像一张白纸。像一片云彩。仿佛还是个未长大成人的孩子。她喜欢他的稚拙和表里如一。这样的男人，你根本不用防备他什么。

何一为却感到委屈。其结果是，他开始三天打鱼两天晒网，不按时上下班了。苏文一点都不怪他，反而劝他干脆在家呆着。她早就有让他撤出公司的打算，两口子在一个楼上工作，她觉得自己施展不开手脚。她说：“一为，你说你很累不是？那你就在家好好休息吧。你可以读书，可以写作。我觉得你的文笔很不错，比不少作家都强，你的经历那么曲折，把它写下来，说不定就能出名。”

何一为说：“我不想出名。心态浮躁的人才老想着出名。”

“那好。”苏文急着外出，想尽快把话说完，“总之，你想干什么就干什

么。只要你记住，我们永远是相亲相爱的一对就行了。”

何一为真的不再上班，他成了一个吃闲饭的人。他想，他这样做并不是逃避劳动，而是他不愿意看别人皮笑肉不笑的脸，不愿面对别人躲躲闪闪的眼神，不愿听别人当面一套背后又有一套的谎话。他想过一段平静如水的日子，就像古时候的隐居生活。就像“采菊东篱下，悠然见南山”那样的生活。

起初，他坚持读点书，或者是写点文章。后来他发现，读过的是白纸而不是书籍，因为他并没记住读的什么书。同时，他发现写的那些文章乱糟糟的，狗屁不通，驴唇不对马嘴，字迹潦草得连他本人都认不清。他不明白为什么会这样。他认为，这可能是生活太安逸的缘故。他还想起上大学时从一本书里读到的话，是外国的一位大作家说的：太如意的生活便是平淡的生活，太容易获得的东西便不是贵重的东西。

于是，何一为对自己说：“过这种平淡无味的生活，读书有什么用？写作有什么用？我的灵感就是被这种无意义的生活给耗掉了……”

再往后，何一为只好离开别墅，在小汤山风景区一带转悠。他觉得小汤山前面的那一大片湖水还是蛮不错的，以后就天天去那儿。他选择湖边没人的地方，孤零零地在沙滩上枯坐，一呆就是半天，常常忘记了回去吃饭。他看鸥鸟飞翔，看鱼儿打挺，看湖水荡漾，看乱云翻滚，看湖里的船影和风帆。看了半个多月，他就看烦了。来湖边闲坐的大多是附近的老人，他们无所事事，度日如年。他年纪轻轻的，就与他们为伍，实在没劲。意识到这一点，再往后他就不怎么来湖边了。他改为散步。

他缓缓地在小汤山高级住宅区洁净的甬道、草地和树林间走来走去。小区优雅的环境衬托着他落寞的身影。他孤寂的身影甚至成了小区的一道风景。有资格住进远郊这处松散住宅区的不是一般人，这地方离市区二十多公里，没有车子是来不了的，很多人家在市里有住所，周末或节假日才来这里小住。还有不少房子空着，很少见有人来，据说这些空闲别墅的主人都是外地人，甚至是港澳台商。这里可谓大款成堆，美女如云，豪宅靓车相得益彰。省城上流社会曾有一种说法，说是只有在小汤山有了别墅才算进入了上流社会。

何一为现在认为，散步是一种健康向上的生活方式。所以，散步成了他最主要的任务。他从一座座独立的房屋前经过，发现几乎每一座房屋造型都不相同，设计师真是费尽了心血。他真的很佩服这些别墅的设计者。他不紧不慢地前行，不断有西装革履的先生手挽年轻漂亮的女士与他擦肩而过。或是透过从他身边驶过的汽车的挡风玻璃，他隐约看到车里有先生和小姐的身影。

渐渐地他得出结论，那些美女们都是被男人养着的，惟独他这个男人是被女人养着的。

他算什么呀？

他真是没法给自己下结论。

所以他就不想这些乱七八糟的问题。他边走边想苏文。苏文越来越忙，忙得每天只在家吃一顿早餐，偶尔能回家吃一顿晚餐。当然由她来做，她是家庭主妇嘛。何一为估计，苏文个人名下的资金过千万不成问题了。他劝她，你的公司该挣的钱都挣了，咱俩人三辈子都花不完了，见好

就收吧。苏文开导他说，海天公司是她的事业，是她的命根子，现在早已不是钱的问题了。她怎么能半途而废？她只要有一口气，就得做下去。女人干事业，确实够辛苦的，何一为估计，苏文每天也就只能睡六个小时，让胃病折腾得夜里老翻身。可她只要一坐进她的皇冠车里，立马就精神焕发，就像即将出征的将领，浑身是劲，浑身是胆。

何一为想来想去，决定给苏文做一顿丰富的晚餐。

这天，他们在电话里约好，苏文回家吃饭。何一为放下电话，就快步来到小区大门口的超市，买了十几样菜，有熟食，有青菜，有新鲜的海产品，还有她喜欢喝的葡萄酒。回到家，手忙脚乱地择菜切肉，照着菜谱开始做。忙活了一下午，菜基本做好了，味道也说得过去，酒也开瓶了，苏文却打来电话，说是省里一位副省长突然来公司视察，晚上她要陪领导进餐，实在走不开，你就自己吃吧。他愣了，心里十分地不快。如果不是强忍着，他就要发火了。他愤愤地想，真是个言而无信的商人，有奶就是娘，就知道投机，见了领导比见了自己丈夫都要亲，你到底跟老公过日子，还是跟什么副省长过日子？

从那以后，他再不提给她做饭的事。他每天轮流到小区里的几家酒店进餐。如果他兴趣高，就多走几步，到湖边上的酒馆吃新鲜的鱼虾。

春天来到了。春天一到，湖边和小区里的人渐渐多起来。人们在春天格外地动情。何一为惊奇地发现，有些人简直色胆包天，连廉耻都不要了。他们公然在光天化日之下，在湖边的沙滩上，或是小树林里疯狂做爱，裸露的大腿和胸脯刺得何一为眼珠子没处放。更有个别男女竟然在小区花坛里的石凳上苟合，而且还发出猫一样的叫声。何一为气得一个星期没出门。

春天即将结束的时候，何一为又恢复了散步。他注意到十七号住宅楼里有一个喜欢穿紫色连衫裙的年轻姑娘，顶多二十岁，也许只有十八岁，皮肤细腻，身材出众，清秀得宛若画中人，比王静还要俏丽。你说她是电影明星也有人信，她甚至比一般的女明星还要出色。可这家的男主人很少归来，听说男主人是位香港大老板。姑娘常常站在二楼宽大的晒台上，手扶雕花栏杆，望着远方出神，一条默默无语的袖珍洋狗伏在她脚边瞌睡。何一为想，她大概就是人们常说的"金丝雀"了。一只养在笼子里的美丽的鸟。可惜了，太可惜了。年纪轻轻就过这种半人半鬼的生活，什么时候是个头啊！何一为一个劲地摇头。

一天，何一为散步，从十七号楼前面的甬道上经过，突然有一条镶着金边的丝巾飘落在他脚下。他下意识地弯腰捡起来，抬头看时，二楼晒台上的姑娘正冲他甜甜地微笑。她说："这位大哥，既然您帮我捡起来了，那么就请您好事做到底，给我送上来吧。"

何一为感到为难，支吾道："小姐，还是你下来取吧。我们还不认识呢，我怎么好去你家。"

姑娘笑说："我们这不已经认识了吗？如果您不愿送上来，那么，就麻烦您再扔掉吧。"

说完她就不见了。何一为更加为难了，心想我要是扔掉，我就不像个男人了。于是，他硬着头皮推门上楼。姑娘已经在客厅里等他。她接过丝巾，道了谢，随随便便把它一丢，一眨眼工夫，变戏法似的又递给他一杯洋酒，她给自己也倒了一杯，并且率先喝了，然后微笑着与他对视。她的眼睛太明亮了，整个姿势显得从容而老练，真是风情万种，优雅万千。何一为原本想说我不会喝酒，见人家姑娘二话不说就喝尽了，心想我要是拒绝，我就不像个男人了，不就是一杯洋酒吗，又不是迷魂汤。于是也一饮而尽。洋酒味道怪怪的，他直咧嘴，食道和肠胃像被硬器划伤了，上上下下都不舒服。姑娘说："大哥，今天我太高兴了。我有快一年没这么高兴了。既然我们认识了，你就多呆一会吧，我们聊聊天不是很好吗？你看，多好的天气！"

何一为说："是啊，天气太好了。聊天确实是一件有意思的事。"

他们并排坐在大沙发上。何一为发现这家的沙发和他家的一模一样，看来这里用这种牌子沙发的人家有不少。姑娘顺手从红木茶几上拿过一摞照片让他欣赏。他看到照片上的她清纯而典雅，有一种凄凉的宁静的美。趁他翻看照片的工夫，姑娘简短地把她的经历讲给他听。她原是省城一所专科学校的学生，家在外地，家境很不好，一个偶然的机会认识了照片上这位胖胖的香港商人，随即退了学，搬到这里住。那香港人在内地不少城市有投资项目，每年最多只能来她这里住一个多月，她空守着这幢房子，又不敢离开，越来越感到乏味透顶……

何一为听不下去了，为她感到难过和悲哀，真是哀其不幸，怒其不争。他挥动着双手，用气愤而悲悯的口吻说："够了，够了！我一句也不想听了！你年纪轻轻的，怎么能这样呢？没有爱情的生活你能过下去吗？你不应该依附于别人,埋没你自己的价值,而应该自食其力,自强自信。别说你曾经受过高等教育,即便你没有多少文化,也没关系嘛。你看,你可以去商店当售货员,可以到公共汽车上当售票员,可以去工厂当纺织女工,可以到医院当护理员,可以到幼儿园当一名温柔的阿姨,或者到一个山清水秀的地方,当一名小学校的女教师,实在不行,当一名女清洁工也行呀,每天早早地来到大街上,戴上大口罩,抡起大扫帚,把马路上的垃圾污迹消灭掉……这都是一些多么神圣的职业呀!工作着是多么美丽呀!我做梦都想干这些平凡而伟大的工作,可你……”

何一为难过得说不下去了,激动得眼里噙着泪。姑娘的眼泪比他来得快,刷地涌了出来:“大哥,求求你,别说了!现在说什么都晚了,我已经陷进去了,我还能干什么?”她一头扎进何一为怀里。天哪!何一为看到了她裸露的胸脯。这个不知羞耻的女人,居然连胸罩都不戴!

何一为感到头晕目眩。当她把通红的嘴唇凑到他鼻子前时,他惊骇得一把推开她,跳了起来。他像突然遭遇了劫匪那样,慌不择路地往外冲。她想拽住他,没拽住,但把他一只衬衣的袖子撕破了。那条伏在沙发角落里打盹的袖珍洋狗动作却奇快,它“呼”地蹿到地上,一口咬住了他的裤脚。他拖着它往外狂奔,脚腕子上像是拴了个绣球,一直把它拖到门外的甬道上,它才松口。裤脚硬是被它扯掉了巴掌大的一块。

仓皇逃回家后,何一为发现自己的后背都已经湿透了。他气喘吁吁,一屁股坐在地板上。他愤愤地想,他妈的,这里真是一个卑鄙、龌龊、糜烂的地方啊!他想,以后要找机会提醒苏文,把这座别墅卖掉算了,到城里普通的居民小区买一套两室一厅的房子,不也挺好吗?

他还决定,要换一种生活方式。

第二天,何一为起了个大早,破天荒地到小卖部买来早点。吃饱后,

他坐在苏文的梳妆台前刻意修饰一番，先前的萎靡之气一扫而光，简直像换了个人似的，光彩照人了。苏文起床后，提着腰带，打量了他半天，说："亲爱的，你这是干什么？"

何一为自豪地向她宣布："苏老板，我有工作的权利。我要去上班，请你批准！"

苏文笑得裤子都掉到地上了。她说："瞧瞧，太阳从西边出来了。"

他说："不管太阳从哪边出来。太阳就是太阳。"

他搭苏文的车来到公司。公司的同仁们抢着跟他打招呼："大老板，来视察工作呀？"

他讪讪地一笑。坐到久违的办公桌前，他的心里荡漾着陌生的幸福。

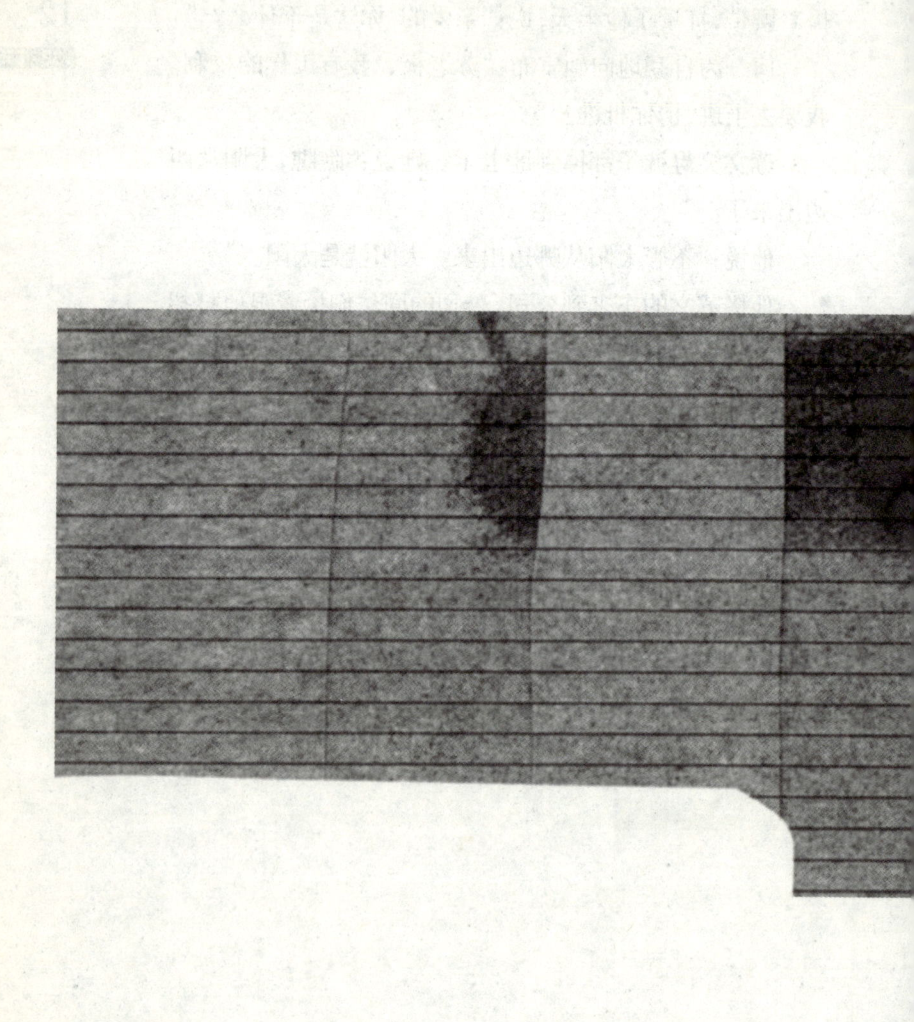

独角兽丛书

何一为试图靠发奋工作来使自己脱胎换骨。他像换了个人似的,意气风发,干劲十足。每天他早出晚归,比任何人都积极。除了承担本职业务,他还抢着干杂活,比如擦桌子、扫地拖地之类。晚上回到小汤山,苏文疲乏地睡着了,他还要坚持再看一会新出版的外贸、金融方面的书刊报纸。周末,公司除了值班的,职员们都回家休息,他却坚持要去上班。苏文只好放下别的应酬专门陪他,最起码要开车送他,反而被他弄得苦不堪言。

何一为前段时间停止工作时,苏文按照公司的财务规定,停发了他的薪水。他恢复工作后,薪水自然按规定发放。月末,他领到了两千三百元工资。他对苏文说,我要给你买一套漂亮的时装。苏文赶紧说,不用不用。苏文是怕他乱买衣服,买来后她根本无法穿。他说,那怎么办?我自己买衣服?苏文说,你自己支配就行。他来到商场里,看了看衣服的标价,感觉都太昂贵了,一件质量很一般的夹克衫,要价三百八十八元。他对自己说:“你原本是一个穷人家的孩子,没必要这么奢侈浪费。这三百多块钱可以让十几个失学儿童重返校园……”

何一为的脑子突然开窍了。他兴奋地走出商场,来到附近的邮局,一分不少地把这个月的工资全寄给了云水县小店子中学。他从内心里仍然觉得,他还是小店子中学的教师,如今不过是跑到省城打工来了。既然还是那里的人,就有义务帮助他们。离开邮局时,他感到很惬意。

然而,半个月后,这笔钱原封不动地退回来了,汇款单上写着,小店子中学已撤销。他有点傻眼,心想,怎么说撤销就撤销了呢?那个地方环境多优美呀。要依我,城里的大学都应该搬到那种山清水秀的地方去。真是匪夷所思。

他同苏文商量,说他担任中学老师的那所美丽的学校让人给撤掉了,他很不甘心,希望苏文慷慨解囊,资助一点钱,重建那所学校。"我可以致电云水县教委,建议将小店子中学改名为苏文中学。我想这没有问题的。你会就此流芳百世……"

苏文愣怔着没表态。

"最多需要十几万元。不行的话,就算我借你的,每月让会计从我工资里扣,保证还你。"

苏文拢拢头发,取下眼镜,又戴上,说:"你的想法很好,我支持。这样吧,亲爱的,等我忙过这一段,再具体操作。好不好?"

他们说过这事,很快就把它忘到了脑后。以后也没人再提,重建学校的事宜便搁下来了。

好在这并没有影响何一为的情绪。

但到了第三个月的末尾,何一为在核对公司的财务报表时,发现了一系列的"猫腻",主要是公司有两本账,一本对外,一本对内。对内的一本账是公司的最高机密,轻易不示人的,一直由苏文亲自掌握,汪家林具体操办。以前何一为一直没机会看到它。现在,汪家林当然不便再向他这个"大老板"隐瞒什么。汪家林甚至猜测,苏文重新让何一为上班，明知他俩有矛盾而不给何一为换个岗位，是有意派他来监视自己的，所以不敢怠慢，把他掌握的秘密全盘端给了何一为。

于是，何一为了解到了不少核心秘密。他气愤地责问汪家林："你们这不是弄虚作假吗？说你们违法乱纪也不过分！"

汪家林干咳两声："大老板，您最好去问问苏总，我都是按她的意思办的。到底为了谁？你们自己清楚嘛！"

何一为脸都白了，顾自往下说："哼！偷税漏税，请客送礼，拉拢腐蚀国家工作人员，是典型的不法行为，只有奸商才干得出来！……"

办公室的人掩嘴窃笑，嘁嘁喳喳。汪家林敲敲桌子，人们马上噤了声。何一为不想再同这些庸俗不堪的同仁们说什么，他抱着一大摞材料径直闯进苏文的办公室。汪家林已先他一步给苏文打过电话。他进来后，苏文闩上门，哄着他在沙发上坐好，接过材料，立即就锁进了她身后的保险柜。何一为定定地望着她，许久才说："你们太无耻了！怎么能干这种见不得人的事情！……"

苏文坐在他身边，赔着笑脸，像哄小孩子似的，好言相劝："亲爱的宝贝，我刚才在电话里已经严厉地批评了汪家林，他们这样做影响是不好，我要求他们立即改正，以后决不做这样的假账，行不行？"

"我看需要改正的是你！"何一为不依不饶地说，"原来海天公司是靠搞歪门邪道发起来的，我算明白了，真是无商不奸呀！我宁可过穷日子，也不愿花这种来历不明的钱……"

苏文扶扶眼镜，正色道："一为，你冷静点。我告诉你，和别人相比，海天公司够干净的了。你是两耳不闻窗外事，不知道行情。当今这个社会，不像书本上写的那么简单。如果我也像你这样，我们都得饿死！这是连中学生都明白的道理，你却来给我较真……"

苏文说着说着，眼圈红了。也许她想起了创业的艰难和辛酸。

何一为的火气马上就消了。他最怕见别人流泪。尤其是怕自己极其坚强的老婆流泪。她的眼泪是不能随便流的。一个男人，无论有什么理由，都不应让女人流泪。他垂头丧气地离开苏文的办公室，回到自己的办公位置上，整整一天没再说一句话。

从这天起，海天公司的任何机密材料他都看不到了。也没人再敢向他透露有关消息。他成了一个彻头彻尾的局外人。

大约十天后，苏文出面请工商银行的信贷处长在金鼎大厦吃饭，因为公司急于贷一笔款子。席间，那位处长坚持要见见何一为，说还从没见过苏总的夫婿呢，久闻其名，不见其人，认识认识交个朋友，总不是个坏事嘛。苏文到底是大意了，立马打电话把何一为叫了来。那晚何一为在信贷处长的怂恿下多喝了几杯，失去了控制力，他指着处长的鼻子说："处长大人，海天公司送给您的那台松下画王彩电，好用吗？"

信贷处长的脸当即变了色。苏文马上让人送走了何一为，说："他喝多了，胡话连篇。处长，由我来替他赔礼道歉，我敬你一杯！"

结果这场宴席不欢而散。

第二天，信贷处长派人把那台大彩电送到了苏文的办公室。留下话说，看在老朋友的面子上，没把它送到纪律检查委员会,物归原主吧。

苏文打电话把何一为和汪家林叫来。她冷漠地对何一为说:“你知道吗?你给公司造成了很大损失。关系断了线,我们公司在工商银行的业务以后就没法开展了。和其他银行建立联系,需要花更大的代价。”

何一为振振有词地说:“你们认为昨晚我喝多了是吧？我没喝多,我心里清楚着呢。这不,人家把彩电退回来了,说明人家知错就改嘛！我们反对别人犯错误,但我们也要允许别人改正错误嘛。改正了就是好同志嘛……”

苏文铁青着脸说:“何一为,让我怎么说你呢？唉！”她转向汪家林,“赶快和建行联系一下,该花钱就花,那笔款子争取从建行贷。”

苏文挥挥手,汪家林知趣地退了出去。苏文回到办公桌前,不再理会何一为。何一为说:“苏文,我错了吗？我和受贿的贪官做斗争,难道是我错了吗？……”

苏文低头处理桌子上的文件,不再看他一眼。何一为走到墙角的彩电跟前,又说:“苏文,咱把这台彩电捐给一所乡下学校吧,乡下的孩子们需要它……”

苏文仍是不抬头,一声不吭。何一为的情绪坏到了极点。呆愣了半天,他悻悻地回到自己的办公室,简单收拾一下东西,踽踽而去。他隐约听到有人在他背后嘲笑说:“真是个傻×,海天公司早晚要毁在他手里……”

从这天起,何一为发誓不再迈进海天公司的门槛一步。

他愤愤地想,这真是个乌七八糟的地方,明明你有理,就是讲不清。

因为他的存在,苏文的威望开始下降。有人公开在办公楼里议论她失败的婚姻,说苏总挑来挑去,挑花眼了,放着好男人不找,偏偏找了个中看不中用的，真是聪明反被聪明误，误了卿卿爱情。真是可惜了。

一天晚上，在进行过一次不太成功的床上生活之后，何一为哀哀地对苏文说："苏文，我不适合在海天干。咱们二人在一起，成了夫妻店了，干脆你宣布解雇我吧，你也好向别人交待。"

苏文抚摸着他乱糟糟的头发，有些伤感地说："干吗非要说这么难听的话？解雇你，你想哪去啦？以后你不干涉公司的具体事务就行了。"

何一为说："其实你已经解雇了我。唉，说穿了，是这个社会解雇了我。"

苏文忍不住落了泪，抱紧他，说："亲爱的，你是一个非常非常善良的人，单纯而透明。你希望人们都像你这样，那是根本不可能的。既然如此，你就不要去社会上和别人较量了，不然你会碰得头破血流。以后你在家里想怎么着就怎么着吧，只要你高兴就行。不论到了何种地步，我都会爱你的……"

"我也永远爱你。"他虚弱地说。

何一为在家里安心呆了几天，什么也干不下去。他发现，一个人无事可做的时候，真是太难受了，连坐牢都不如。坐牢还有期盼，盼着早点出去，一个人闷在家里无事可做，能活活憋死你。他买来一大摞报纸，研究报屁股上的招聘启事，然后瞒着苏文，到几个单位应聘。这使他想起当年从云水县小店子中学返城后的遭遇。他觉得连那时候都比不上。那时他大大方方地找职业，内心充满了希望，现在却像做贼一样，压抑得很，狼狈得很，生怕碰到熟人。如果被别人知道了，他们会怎么想？他们会说，瞧啊，这位先生是海天公司大老板、本市女强人女大款苏文的老公，他被老婆赶得到处找职业，太窝囊了……

一家新开张的超市看中了他，聘他干财务。他兴高采烈地刚上了半天班，就碰上了苏文手下的一名员工。那人问他："大老板，干啥呢？"

他给吓了一跳，慌忙掩饰道："我来给一个朋友帮点忙，哈，帮点小忙……"

结果，当天下午，苏文就亲自开车来，把他接走了。看来这个城市到处都有苏文的眼线，干什么都瞒不了她，何一为有些泄气。

苏文嘴上没有责怪他，还象征性地表扬他几句，说："一为，你愿意工作，积极参加社会实践，很好。但还是要注意方式方法，啊？先休息休息，等哪天我再给你物色一个体面的岗位。乖，听话，啊？"

其实是暗示他：你这么做，给我丢脸了。他想。

苏文开车把他送回小汤山。在路上，他闷闷地想，你这是把我往监狱里送啊！

他突然觉得开车挺好玩，就说："苏文，我有一个要求，可以讲吗？"

苏文爽快地说："讲！"

"我想去学开车。"

苏文当即表态："没问题。明天就去学！"

"学会了开车，我想，我可以当一名出租汽车司机。我估计，出租车行业会有个大发展。我要抓住这个机遇，自谋职业，自食其力，不给国家添麻烦，也不给你添麻烦，而且还造福社会，方便市民。这样不是挺好吗？"

他被自己的这个新发现新目标逗笑了。

苏文笑着说:“我支持。”

接下来的那段时间,何一为学会了开车。苏文把她的皇冠让给了他,公司又给她买了辆奥迪。领到驾驶证的当天下午,他开着皇冠车兴致勃勃地来到出租汽车管理公司,想办个手续。他恨不得明天就上路拉客。人家告诉他,必须拿到驾照三年后方能允许开出租车,这是出于对顾客生命安全的考虑。

他简直急眼了:“要等三年?”

再次得到肯定的答复后,他泄了气。老天爷,要等三年才能拉客,谁有这个耐心。人家发现他开的车是进口好车,就问道:“这车是你个人的?”

他说:“算是吧。”

“你打算用这个车干出租?”

他说:“是的。车况不行吗?”

对方哈哈大笑:“哪里哪里。开皇冠车干出租的,我们还从没遇到过,你可是头一个。既然你家有皇冠车,还当什么车夫啊。”

他支支吾吾说不上来。

可能觉得不对劲,他们一边稳住何一为,一边悄悄报了警。他们怀疑这车是偷来的。“110”的人一查车号,是大名鼎鼎的海天公司女老板苏文的,觉得疑点多多,立即赶来,把刚要走人的何一为堵在了院子里,人车俱在,当场盘问。

折腾了半天,警方才弄清原委,虚惊一场,赶紧向何一为道歉。何一为并不感到恼火,他甚至觉得很有趣,很好玩。觉得这个下午很有意义。出租汽车管理公司的人拍着他的肩膀说："何老板，您要是真想干出租，三年后的今天，您再来，我们头一个给您办手续。"

他说："谢谢。咱们一言为定。"

这以后，有车开着，何一为觉得日子不是那么难熬了。他先是开车在市里转悠，把全市大街小巷都摸熟了。市区到处乱糟糟的，他转烦了。往后就开到郊外，开到没人的地方去。他坐在车里听美国乡村音乐，要么对着太阳或月亮出神，一呆就是大半天。然后随便找一家饭馆吃饭。

苏文越来越忙，何一为觉得她比国家总理都忙，竟然连早饭都顾不上吃，爬起来洗把脸，开上车就走，常常一个星期在家吃不上一顿饭。

何一为懒得做饭，他也不会做饭。市区内十几家高档饭店酒楼有海天公司的底账，苏文交待过，何一为随便去哪家都行，吃完后签单走人。起初何一为轮流到这些地方就餐。有一次，他从金鼎大厦用过午餐出来，想散会儿步，就没动车。他在离金鼎大厦不远的一条大街上，被几个老老少少的乞丐缠住了。

那一阵子，这个城市的乞丐特别多，走几步路就能碰到一个。报纸上说，有人讨饭讨成了万元户。何一为经常被乞丐缠上，他也搞不清什么原因。其实原因很简单：他的眼神是软的，目光是和善的。

乞丐们伸手冲他要钱。他突然想起几年前的那个爹死娘嫁人的小乞丐，小家伙也该长高了吧？弄不好这里面就有他，女大十八变，男大十九变，或许他变得让何一为认不出来了。

何一为一直没有往口袋里装钱的习惯，这一次也不例外，他的钱放在手包里，手包扔在了车里，车子停在金鼎大厦门前呢。他发愣的工夫，有八九个男女乞丐围上来了，有老有少，有高有矮，有一半是缺胳膊断腿的残疾，还有两个背着吃奶孩子的妇女。他们紧紧盯住他的手，那样子恨不得分吃了他。

有两个联防队员赶过来替何一为解围，其中一个联防队员恶狠狠地飞起脚，一连踢倒了三四个身体稍显强壮的男性乞丐。乞丐们一哄而散。何一为生气了，他想责问联防队员，为什么这样对待弱者？真是岂有此理。可是没等他发问，两个联防队员就吹着口哨走开了。何一为想，乞丐们是因为他才遭到摧残的，如果他不来这里，乞丐们就不会聚拢到一块；如果他快一点拿钱出来施舍给他们，他们就会快速散开，从而避免遭受攻击。想到这里，何一为深感惭愧，他快步追上那几个挨打的乞丐，对他们说："你们等等，我去拿钱给你们。"

乞丐们以为耳朵出毛病了，你看我我看你。何一为又说了一遍，他们仍是懵懵怔怔。何一为说："你们就在这儿等，我马上就回来。"

可是，乞丐们非要跟他一块去。很显然，聪明的乞丐们担心被耍弄。而且眨眼的工夫，又围上来一群。何一为想，反正离金鼎不过几百米，一块去就一块去吧。就这样，他在前面走，后面一群神态各异的乞丐紧跟着他，像一支小型的农民起义队伍，十分地引人注目。到了金鼎广场上，何一为灵机一动：给他们钱，他们也不会舍得花，看他们那样子，都像是三天没吃饭了，肯定饥肠辘辘了，不如请他们好好撮一顿。于是他问道："你们都饿了吧？"

有几个乞丐有气无力地说："饿，快饿死了。"

何一为说："真让我猜对了。"

他领着他们往大堂门口走。两个保安赶紧跑过来。他们认识何一为，说："何老板，怎么回事呀？"

何一为说："我请这些乞……噢，我请这些乡亲们吃顿便饭。"

保安望着这群衣衫凌乱、龇牙咧嘴、腥臭扑鼻的叫花子，一时不知怎么办好。

值班的大堂副理以为出了什么乱子，慌里慌张跑了过来。何一为也认识此人，就对他说："老黄，我想请乡亲们吃顿饭，他们都饿坏了。"

那位姓黄的大堂副理伸长脖子打量着这群叫花子，满脸堆笑，说："何老板，他们是你老家的？"

何一为说："刚在街上认识的。太可怜了。请你替我订一桌饭，标准低一点，五百吧，多上肉，搞实惠点；多上饭，什么面条水饺油饼包子扬州炒饭，多多益善。酒水就免了吧。"

老黄摇摇头："何老板，这这，我们是涉外宾馆，叫他们进去不合适吧？"

此时已经围过来很多人，其中还有几个金发碧眼的外国人。有个老外举起相机"咔嚓咔嚓"照相。总台上的几个小姐捂着鼻子直笑。一群官员模样的人刚吃饱喝足从酒店出来，他们剔着牙，打着酒嗝，小声议论着是否打"110"报警。乞丐们也明白这不是他们呆的地方，有胆小的拔腿就要撤。

何一为有点急，说："老黄，我又不赖账，一分钱不少你的，哪有不让进去吃饭的道理！什么涉外不涉外的，谁都要吃饭吧？联合国秘书长也要吃饭吧？"

老黄冲刚刚聚拢来的五六个保安一使眼色，保安开始吆喝着往外撵那群乞丐。乞丐们一致认为受了何一为的戏弄，纷纷拿眼睛剜他，然后骂骂咧咧散去了。何一为抓住老黄的胳膊，大声说："老黄老黄，你让餐厅拿几个面包来分给他们也行啊……"

老黄拍拍何一为的肩膀，感慨道："何老板，您的心眼确实好。可是天下的穷人多着呢，您还是回家歇着吧。我们酒店有照顾不周的地方，请您海涵。"

何一为想指着老黄的鼻子对他说，你们不能瞧不起穷人，你们的爷爷奶奶，甚至你们的爹妈当年可能连这些叫花子都比不上！你们这些人良心都大大地坏了！你们嫌叫花子脏，可是你们这个酒店更是个藏污纳垢的地方，里面什么恶心事都有，你们别以为我何某人不知道……

可是，没等他骂出来，人们纷纷散去了，大堂门口只剩下两个保安和两个迎宾小姐。何一为气愤地走到停车场上，钻进车里，加大油门离开了这个鬼地方。他想，这些个酒店宾馆，都有瞧不起穷人的毛病，以后他坚决不到这些地方来吃饭了。凡是和穷人作对的地方，他就要和它作对。

从这以后，他专门到小饭馆就餐。他认为越是小饭馆，越对穷人有感情。他吃了一阵路边店，老是肠胃不好。苏文说，那种小地方卫生状况能好吗？你别赌气了，还是去我指定的酒店吃饭吧。何一为说，我宁愿天天拉肚子，也不会向大饭店低头。他依然如故。到了后来，他厌烦了所有的饭馆。他没有胃口。即便再好吃的东西他也提不起胃口来。他基本上什么饭馆也不进了。实在饿极了，他就买面包啃。他常常边啃面包边对自己说:“瞧瞧吧,人人都以为你过上了幸福生活。只有你自己知道,你过的是啃冷面包的日子。难道这就是你苦苦追寻的幸福吗?”

有时,苏文硬拉着他参加公司的一些活动,无非是酒会、舞会、招待会、新闻发布会等等,人们互相吹捧,场面乌烟瘴气,廉价的祝福满世界都是,要多乏味有多乏味。他还有必要再去吗?

何一为三十岁生日那天,苏文笑眯眯地说要送给他一件生日礼物。她让何一为猜是什么礼物,他想都没想,就说猜不出来。他早就不愿动脑子想这些没用的事了。苏文一点也不介意他,微笑着突然将一枚硕大的钻石戒指举到他面前。那枚质量绝对上等的钻戒在明亮的阳光下分外地耀眼夺目。然而,何一为只看了一眼,心就凉了半截。他以为他的爱人会送他一束花,最好是从野外采来的野花;或者送他一件小巧精致的工艺品;再或者一本书什么的,也不错。看来她还是不了解我。他悲哀地想。

见他没反应,苏文有点纳闷地说:“亲爱的,你不喜欢吗?”

何一为反问道:“你以为越值钱的东西就越有价值吗?”

苏文愣了,回答不上来。他说:“是的,这就是你们商人的思维定势。所以,你们永远是惟利是图的商人,而无法成为有血有肉有感情的人。”

苏文委屈得直想掉泪。他又提醒她说:“你好像忘了,结婚时你曾送过我一枚这样的戒指。”

苏文忙说:“噢,对不起,我真的忘了。”

何一为冷笑一声:“是的,你忘了。你整天光想着挣钱挣钱,不遗余力地榨取员工的剩余价值,把我们的爱情都忘了。”

苏文顿时热泪盈眶,扑过来用手捂他的嘴,惊恐不已地说:“快别说了,我怎么能忘记我们的爱情呢?亲爱的,爱情是我的命根子,比我的命

都重要，我永远不会背叛的。永远不会……”

何一为在心里说：“怎么不会呢？你用什么来证明？”

因为这个不快的小插曲，尽管苏文在金鼎大厦为他置办了豪华的生日酒会，何一为的情绪仍然不是很高。去金鼎大厦之前，何一为想起该大厦对穷人不恭敬的恶劣行为，拒绝去那儿。苏文告诉他，那天对他不友好的大堂副经理老黄已经被解职了，劝他就不要再计较了。何一为问：“为什么？”

苏文说：“大厦老总李道刚小时候也要过饭，同情穷人。那天你要是找他就好了。当然老黄对你不够尊重，处理问题不当，也是其中一个原因。”

何一为说：“老黄那人还是蛮不错的，炒他鱿鱼也没必要嘛。行，改天我再带一帮乞丐去找李道刚。”

苏文连忙摆手：“别别，那样你可就出大名了。每天都会有一大帮乞丐来堵咱家的门，找你要钱。”

生日过后的某一天，何一为无意当中又看到了那枚闪着寒光的钻戒。它趴在枕头底下，像一只凶恶的虫子，丑陋极了。何一为气哼哼地捏起它，打开窗户把它扔到了外面的草地上。过了些日子，苏文小心翼翼地问他：“好像你那枚生日戒指，不见了？”

何一为掩饰道：“可能……可能是我不注意，丢了。”

苏文马上赶过来扶住他的肩膀，宽慰道：“没关系，没关系，我们抽空再去买一个。”

14

差不多有三年半光景，丁冬没见到何一为。她甚至连他的一个电话都没接到。她对他的行踪一无所知，根本搞不清他怎么样了。她几乎把他忘了，似乎他已经离开了这个星球。

在何一为那里，是不是也会以为她丁冬离开了这个星球？

丁冬基本上还是老样子，看不出有多大变化。除了上班，其余的时间她就把自己关在宿舍里，看书，听音乐，或者打毛衣，或者面壁玄思。生活对于她似乎也是毫无意义的了。后来她还学会了抽烟，学会了喝酒。她好像成了一个堕落的女人，快要不可救药了。

丁冬有时觉得自己再也见不到何一为了。虽然她还像过去那样爱着他，但她不想去打扰他。有好几次，她路过海天公司大门口，真想进去打探一下何一为的消息。可是理智最终战胜了情感，她加快脚步逃离了那个危险的地方。

有时在宁静的夜里，丁冬会想起何一为英俊的面庞，委屈的泪水忍不住便涌出来，在她的脸上肆意流淌。莫名的恐惧，却又使她心明眼亮。显然，他们曾经有过的爱是镜中花水中月，这些年来，谁能否认他们不是在谱写乌托邦诗篇？他们经不起哪怕是一点点的折腾啊！

丁冬更多的是为何一为担忧。她敢肯定，他的日子好不到哪里去，尽管他们家衣食无忧钞票满兜。人类总是自己给自己制造阴影，可怕的是

人类无力自拔，越陷越深。

这年秋天的一个下午，丁冬采访归来，路过少年宫时，看到很多人在围观什么，场面挺火爆。走近了看，原来是一个小型马戏团在街头表演粗俗不堪的节目。丁冬扭头往外走，不料却看到了一个再熟悉不过的身影。天哪，是何一为！丁冬简直不敢相信自己的眼睛。她再次辨认一下，没错，确实是何一为。他站在最靠前的位置，痴迷地盯着一只正在爬杆的猴子，起劲地鼓掌叫好。

老天爷，何一为居然沦落到了专心致志欣赏猴子爬杆的地步！丁冬差一点没晕过去。

丁冬轻轻叫了他一声，他没听见。丁冬又叫了一声，他惊讶地转过身来，眼睛突地一亮。“怎么是你？”他说，恋恋不舍地往外挪了挪。

丁冬说：“是我。”

“怎么？”他一边看着丁冬，一边用眼睛的余光扫描着越爬越高的猴子，“你也有兴趣欣赏这个？不过，确实挺好玩的，我都看了老半天了，中午饭都没顾上吃，也不觉饿。瞧，这猴子都快成精了……”

“我是路过。按说不允许他们随便演出的，怎么没人来管？”

“千万别取缔。这么多人围观，说明群众喜闻乐见嘛。前两天苏文硬拉我去看了一场话剧，说实在的，还比不上这个好看呢。”

丁冬实在不想再听他说这些。她注意到他的脸庞更显清瘦，目光里充满了忧郁。她说：“这里不是说话的地方，咱们还是换个地方吧。”

“是呀。我是没办法。”他又扫了一眼活蹦乱跳的猴子，“我想来这儿填补一下空虚，哪想到更加空虚。我明白了，真正的空虚是无法填补的。”

何一为把丁冬领到他的皇冠车里，他把车开到城边的一段幽静的林阴路上，他们就在车里交谈。何一为开门见山地说：“冬冬，你一定很关心我和苏文婚后的生活，我明确告诉你，一团糟。”

他从头至尾讲述了自己婚后的状况。末了，他用沉痛的语气说：“在她巨大的财富和势力面前，我不得不躲闪着生活。我感到累，心累！我不知道这样的日子还能持续多久，我不知道我的幸福到底在哪里，更不知道我的归宿在哪里。”

何一为讲到这里，突然打住了。丁冬找不到恰当的话来安慰他。她也不想安慰他，因为对于他来说，任何安慰的话都是徒劳的。她相信在这个世界上，没有人比她更了解何一为。车窗外，秋风卷起落叶，发出沙沙的响声；车里面，他们沉默了许久，仿佛谁也没有力气说话了，疲惫和忧虑使他们凝固了。

丁冬从随身带的小皮包里摸出一支皱巴巴的烟点上，狠狠吸了一口。何一为惊愕地说：“冬冬，你怎么抽起烟来了？你原先不是这样的！我看你是堕落了。你怎么能这样！”

丁冬不理睬他。她把烟吸完后，将一段从书上学来的话背给何一为听：“人类每堕落一次，就新生一次；亚当和夏娃不堕落，就没有人类的今天。世界上一切优秀的思想，没有一个不是受堕落启示产生的。当一种事物发展到完美时，只有堕落才会使它再生生命。”

“我不懂你的话。”何一为着急地说，“我不愿堕落。我总是想方设法使自己变得高尚。难道我这样做不对吗？”

天色渐渐暗下来，丁冬感到窒息，他摇摇车窗玻璃，放进一点新鲜空气。何一为深邃的眼窝里闪烁着泪光。丁冬把一只手递给他，他犹犹豫豫地捉住，然后紧紧地贴在胸前。他无限伤感地说："冬冬，在这个冰冷的世界上，只有你理解我。"

丁冬心里忽地一热，对这个男人的隐情暗恋再一次达到高潮，一句久违的话冲口而出："一为，我还爱着你……"

她哭了。

何一为慌乱地说："唉，是吗？是吗？我或许……也爱着你……"

他们就近找了个餐馆，胡乱吃了点东西，然后赶往丁冬的宿舍。丁冬同报社的打字员唐悦合住一间宿舍。路上，丁冬满心希望唐悦不在宿舍，那样她就可以和何一为不受干扰地多呆一会儿。

真是天遂人愿，唐悦不在宿舍。一进门，丁冬就倒在何一为怀里哭了。何一为替她擦眼泪，边擦边说："该哭的是我呀……"他也挤出两滴眼泪。

他们紧紧抱在一起。这样的举动仿佛是上个世纪的事了，显得很遥远了。丁冬依稀记得，他们最后一次忘情地拥抱，是临毕业那一年的五一劳动节。她和何一为去泰山旅游，傍晚他们上了山，为的是看第二天的日出。那天夜里他们没住旅馆，而是找了个背风的山坡等待天明。虽是初夏时节，山上却寒气袭人，他们自然拥抱在一起取暖。他们抱着，吻着，突然都变得亢奋起来。何一为粗暴地拽开她的衣服，眼看他们就要在这座华东最高的山峰上灵肉结为一体了，她却莫名其妙地拒绝了他（后来她为此后悔死了）。在此之前，她曾无数次幻想过这一时刻的到来，但当这一刻真正来临的时候，她却害怕了，咬紧牙关拒绝了他。她想，如果换个时间和地点，她会毫不犹豫地接受他，偏偏这个当口她拒绝了他！

黎明前的黑暗中，何一为沮丧地倒在一旁喘息。她觉得自己伤害了他，便怀着无限的歉意主动拥吻他。过了一会儿，她突然又想通了，喃喃道，我想重新再来。何一为已经失去那种好心情了，他烦躁地说，算啦算啦。偏巧那天没看到日出，大团大团的雾气在近处浮游。何一为脸色苍白，他说："我们等了一夜，等的就是这种结果吗？"丁冬说："不光我们，大伙都没看到日出呀。"下山时，他们一路沉默着。可是到了山底下，热得不行，抬头看，万里无云，太阳正悬在当空。何一为抹了把汗津津的脑门说："上苍怎么老是和我们开玩笑？需要太阳时它不来，不需要它时它却又来了，可悲啊！"

这句话让丁冬记忆犹新。

现在，他们似乎重新回到了过去的情境中，宛若时光倒流。直到他们全身都赤裸了，一个神圣庄严的时刻就要来临，何一为突然剧烈地颤抖起来，他凄厉地叫一声，痛苦万分地说："天哪！这是怎么回事？"

丁冬更紧密地贴着他，激动万分地说："我亲爱的，我现在属于你，永远属于你……"

昏黄的灯光下，何一为竟然以手掩面，悲戚不已："可我已经不属于你了，冬冬。我不想堕落，我真的不想堕落。我一辈子都在追求高尚，你不能让我坏了心性……冬冬呀，你瞧，这多丑呀……我往后无法做人了

……”

何一为挣扎着推开像一块胶皮糖一样黏糊糊的丁冬，哆哆嗦嗦、不容置疑地套上衣裤。他甚至想帮丁冬穿好衣服，丁冬决绝地用手势制止了他，彻底寒了心，她拉过毛巾被蒙住了全身。在丁冬不知不觉中，他像一股旋风，丢下她快速地逃走了。

过了一会，有人敲门。哭得几乎要死去的丁冬以为何一为回心转意了，顾不上穿衣服，披上毛巾被就下了床，光着脚丫跑过去，猛地将门拉开。

闪身进来的却是老K。老K像个幽灵一样，站在门后，嘴里叼着雪茄烟。丁冬愣在那里，完全不知怎么办好，她既感觉不到害怕，也感觉不到害羞，她全身都麻木了。老K眼睛不大好使，并没有发现丁冬脸上的泪痕和她失常的举动。老K大大咧咧地说：“丁大记者，唐悦呢？”

丁冬低下头，尽量用毛巾被遮住脸，“呃”了两声：“我怎么知道。”

老K四下打量着凌乱的房间，狐疑地说：“妈的，这个小骚货，说不定又和别人勾搭上了。”

丁冬突然意识到自己的险境，站在那里一动也不敢动。她说：“请你走吧，我要休息。”

老K猛吸两口雪茄烟，然后把烟头丢到地上。他已经发现了丁冬的异常，围着她转了一圈，突然加重语气说：“丁，你怎么啦？告诉我！”

丁冬不吭声。

老K暧昧地逼视着她:“我看出来了,丁,你正处在极大的痛苦之中。只有失去爱情的女人,才会如此的痛苦。”

这话说到了丁冬的痛处,她咆哮道:“请你赶快离开!”

老K原本想马上离开的,但他现在却不想走了。一个女人,为爱情所伤,他不能坐视不管。他微笑着靠近丁冬,突然从侧面抱住她的肩膀,凑在她耳边柔声说:“宝贝呀,我看出你的心病了。你是一个甜桃,熟透了,却没人摘你。我们认识得太晚了……”

丁冬紧张得浑身乱抖,死死抓紧毛巾被,结结巴巴地说:“我、压根儿、就、不想、认识、你。请你放开我……”

老K居然乖乖地松开了手,退后一步。丁冬往墙角缩了缩。老K很严肃地望着她,说:“我相信你说的是真心话。但是,你没有权利拒绝一个人给予你的爱。对于女人来说,肉体既是一个宝藏,又是一种沉重的负担。你不觉得吗?你太保守了,时代已经把你抛弃了……”老K不再看她,只顾低头踱步,像一个高明的哲人。过了一会,他停下脚步,又说:“见了活得孤单的人我就难过。我觉得我有责任帮你。”

没等丁冬做出反应,老K再次扑过来抱住她,一下子把她按在了床上。毛巾被滑落下来,一丝不挂的她吓了老K一跳。老K慌乱中竟然又给她遮盖了一下,咕哝道:“真是天上落馅饼。来得早不如来得巧。”接着又扯过毛巾被,手一扬,毛巾被飞到了房顶的吊扇上。在老K的揉搓下,她无力地挣扎着,心里仿佛着了火,越烧越旺,渐渐控制不住,眼睛都烧得睁不开了。后来她看见了老K的胡子,她就像抓住了一根救命稻草,大声说:“我讨厌你的胡子!”

老K说:“讨厌胡子?这好办,只要不讨厌我就行。”

老K从她身上滑下来,显得不慌不忙,从从容容。他问:“有剪刀吗?”

丁冬扯过床单盖住身体关键的部位。她没回答老K。老K就在她和唐悦的抽屉里乱翻一气,但他只找到一把水果刀。他嘟囔道:“上次还见唐悦用过剪刀呢,也不知小骚货塞哪去了。”他举起水果刀,像割韭菜一样试着割了一下胡须,立即疼得跳起来。丁冬想说你他妈的快滚蛋,说出口的却是:“你去买一把嘛,大门口百货亭就有卖的。”

老K说:“你这是脱身之计,鬼才上你的当。”他急得不行,丁冬说,你不弄掉胡子别想靠近一步。他干脆摸出打火机,打着了试探着往脸上送,这一招还真灵,他果真把浓密的胡须点着了,霎时就有一股烧猪毛的气味弥漫开来。随即烧疼了他的脸,他扔掉打火机,抡起双手蹦跳着扑打脸颊。这真是一个滑稽得令人终生难忘的场面,丁冬笑了起来——她竟然笑出了眼泪。她或许已经被老K的执著和勇敢打动了,泪水夺眶而出。老K龇牙咧嘴地跳上床,仿佛他刚从废墟里爬出来, 恶狠狠地说:“你他妈别穷讲究了,凑合着干吧,快乐比什么都重要!”

……

一场风暴过去了。丁冬从天堂里摔下来,掉进了地狱里。刚才都不是她了,现在又还原成了她。她扬手给了老K一记响亮的耳光。老K笑笑,揉着废墟一般的脸,说:“打得好!打得好!我这人真是欠打。宝贝,你还想打吗?”他又把脸凑过来。

“你他妈的像个畜生!”丁冬说,“连畜生都不如!”

“我和畜生一样真诚。”老K点上一支雪茄,美美地吸了一口。“我想干啥就干啥，从不委屈自己。当然，我并不是畜生。”

丁冬颓然坐在地上，像个真正的弱者那样哭起来。

“苍蝇不叮无缝的蛋，你没听说过这句名言吗？”老K意犹未尽。

丁冬泪如雨下，悲哀至极，仿佛心脏被人掏走了，只剩下一个躯壳。她说：“没想到，何一为这么多年没有拿走的东西，一眨眼的工夫，就让你得到了。老K。你走吧……”

老K“嘿嘿”笑着说：“何一为是谁？天底下真有那么傻的人？”

丁冬腾地站起来，弯腰从地上捡起那把水果刀，逼着老K肮脏的脸说：“什么鸡巴诗人，你给我滚！再让我见到你，我就要你的命！”

老K并不感到害怕。他温柔地笑笑，伸出手去轻轻抚摸了一下丁冬乱毛一样的头发，说了句“请多保重”，闪身出了门。

DuJiaoShou

像纸片一样飞

14

166-167

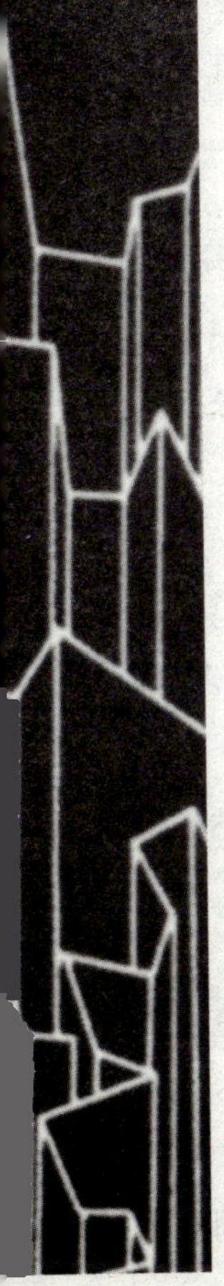

15

这一阵子房地产业急剧升温，到处都有人在跑马圈地，商用住宅和写字楼遍地开花，开发区更是一个连一个，你走着走着，一不小心，就会闯进某个开发区里。

海天公司自然不甘落后，苏文决定其他生意暂停，集中人力物力财力专做房地产。公司在城市东郊的蓝水河边一下子买了三百亩地，准备用三年时间建一个花园小区。她准备狂赌一把。按她的设想，海天公司的前景将更加诱人。

苏文忙得恨不能自己有分身术。她要么一天到晚泡在公司里，要么频繁地到外地出差。她要操心进口批文、美元汇率、报关、合同、预算、征地、拆迁费、贷款协议、投资数额、项目可行性、招标、建筑公司、广告、预售楼花、销售网点、招聘人才、偷税漏税、请客送礼……

在何一为眼里，这都是些什么乱七八糟的东西呀！苏文居然乐此不疲，一门心思赚钱、赚钱、再赚钱！

钱果真那么重要吗？

现在，在何一为眼里，最可恨的就是金钱了。它能使人变态，使人发狂，使人生病，使人毙命。何一为想把全世界的钱统统烧掉——当然他做不到。所以他就更加痛恨它。

每逢靠近苏文，何一为好像总能听到她脑袋里有钞票哗哗翻动的声音。即便在她熟睡的时候，他有时也能听到那种风吹树叶般的响动。有一天深夜，他被她脑子里的声音吵得睡不着，就推醒她，说："苏文，你又在考虑赚钱了。"

苏文打着哈欠说："你怎么知道？啊，我刚才做梦，梦见我们的小区建成了，销售情况十分地好，哈哈……"她翻个身，又睡了。

他鄙夷地想，这就是商人，惟利是图，睡梦中也忘不了数钱。

有时苏文也咬咬牙撇下工作，陪他个一天半天的，但不论她走到哪里，电话总是追着她，他的兴趣顿时消失。更要命的是，晚上他们好不容易培养点情绪出来，上床做爱时，关键时刻不是电话铃响，就是BP机、大哥大叫，苏文只好掀开他，爬起来接电话或者回电话，一接就是半天，说的仍然是生意上的那些乱七八糟的东西，乏味极了。时间一久，他甚至希望这种时刻有人打电话来，他好趁机入睡，忘掉一切。

在那些难熬的日子里，何一为坐立不安，觉得自己快要疯了。他把过去的岁月梳理了一遍，发现一切都是空的，仿佛他是一片风中的羽毛，不知从哪里来，又将飘向哪里。苏文说她永远爱他，为了他可以舍弃一切。但是，当他真正讨厌这一切的时候，她有过一丝一毫的放弃吗？不仅如此，她反而变本加厉地索取。他想，我们完全可以离开这个人欲横流的城市，到一个宁静的地方，过一种清心寡欲的生活，寻找和享受纯粹的爱情，即便在茅屋里生活，不也很好吗?

何一为把他的想法说给苏文听,苏文竟然哈哈大笑,仿佛他是个怪物,是个傻瓜。笑着笑着,她却又掉下泪来,搂住他的脖子,说:“一为,亲爱的,你想得太多了。你为什么不面对现实?周围的人都在羡慕我们,你的问题就在于自己老是跟自己过不去。”

苏文决定要个孩子。她对何一为说:“亲爱的,我知道你太孤独了,我们要个宝宝吧,让他在家陪你。”苏文认为有了孩子,他们这个小家庭就会平添许多乐趣,何一为也会感到充实。而在结婚之前他们曾经有过约定,为了事业,这辈子就不要孩子了。而现在,苏文却率先反悔了,并且都没和他商量,就决定要孩子。他感到很不舒服,想,瞧瞧吧,要不要孩子都成了她的一个筹码,这就是商人!

苏文决定的事情他无法更改,这似乎已成了惯例。为了能制造一个孩子,他们不得不强打精神,在床上不停地重复同一个内容。别人是既得到了快乐,又得到了孩子,一举两得,事半功倍,就像垂钓高手,既享受到了悠闲的乐趣,又钓到了大鱼;他们却一心直想要个孩子,根本感觉不到快乐,或者是根本不去考虑还有快乐——至少他的感觉是这样——他们就像农民,为了种地,累个臭死,而种地是少有乐趣的。

几个月过去,他们都感到精疲力竭了——至少何一为是这么感觉的,可是,孩子却没有如期来临,一点征兆都没有。他们连农民都不如,农民辛辛苦苦忙活一年,总能收获点庄稼,他们却颗粒无收。那段时间,苏文经常背着他上医院检查,总是失望而归。后来何一为才知道她根本没有生育能力,但她当时没敢告诉他实情。

如果苏文把实情原原本本告诉何一为,后来的事情或许不至于那么复杂了,他甚至会加倍地疼爱她,因为她终生不能生育,算是一个不幸的

女人了。可是，她暂时把实情瞒住了。她这样对何一为说："医生说，可能我们都太累了，身体状况不佳，才一直怀不上孩子。先好好休息一段再考虑要宝宝吧。"

转过年来，海天公司筹建的蓝水河花园小区进入紧张的施工阶段，苏文更加忙碌。为了照顾何一为的生活，苏文给他找了个保姆，名叫赵如菊。如菊是苏文在乡下的一个八杆子拨拉不着的远房表妹，只有十九岁。如菊初中毕业，心灵手巧，身材丰硕健壮，皮肤也比较白净，在乡下姑娘里，这种相貌应该说是相当不错了。

苏文先把如菊送到一所职业学校里培训了三个月，以便提高她的职业素质，好让何一为满意。如菊正式来家里上班后，饭菜的确做得不错，屋子也收拾得井井有条。苏文对何一为说："你有人照顾，这下我就放心了。"

何一为却并不这么认为。他想，你以为有了如菊就能填补我们的空虚吗？生活毕竟不全是做饭吃饭和打扫卫生啊，你想得还是太简单了。

不过，由于如菊的到来，家里的气氛发生了明显的变化，显得不那么郁闷了，变得有生气了。每天大量的时间，何一为要和如菊相处。他感到不像过去那样孤单了，因此基本上不开车外出了。他愿意看如菊干活。如菊像一只蝴蝶那样，哼着家乡的小调，楼上楼下地忙活；像一阵风，飘来飘去。

有一次，如菊在厨房里干活，何一为搬只小马扎坐在厨房门口，饶有兴味地看着她干。他忽然对如菊感叹道：

"唉,你的大好时光都荒废在厨房里,可悲呀!"

如菊抬起胳膊抹一下脑门上的汗珠,说:"有啥可悲的。我就会干这个,别的干不了呀。"

何一为说:"你应该去读书,读完高中再读大学,读完大学再考研究生,多学点知识,那才叫有价值,生命才有意义。可你却满足于现状,做这些毫无意义的事情,可悲可悲,实在可悲……"

如菊"咯咯"笑得胸脯子乱颤,都笑岔气了。"你们城里人,总是站着说话不腰疼。"

何一为无奈地摇摇头,觉得如菊太愚昧了,目光太短浅了,你指给她一条路,她反而笑你。这都是受教育程度不够造成的,他想,看来,教育是立国之本这句话太对了。他不由得摩拳擦掌,恨不得立马到乡下去,去给农民兄弟姐妹们讲一堂课。

他又说:"如菊,你每天侍候我,等于是我剥削你。我是很不忍心的。"

如菊又笑了,这个姑娘就是爱笑,光知道傻笑。如菊笑着说:"表姐夫,瞧你说的,啥叫剥削呀,怪难听的,我又不是白干,文姐给我开工资呢。"

"给你开多少?"

"每月三百块。"

"太少了!简直岂有此理。我每月给她开三千,你问她干不干?"

"表姐夫,够多的了。别人家的保姆每月只给二百。文姐还经常给我买衣服啥的,这不都是钱吗?"

"你别替她说好话。我太了解她了——掠夺盘剥,处处算计,毫不留情——她最精于此道。"

"快别说了,让文姐听到,会骂我的。"

"这样吧,从下月起,每月工资给你提到两千块。"

"……你想吓死我呀?表姐夫!"

如菊红着脸,离开厨房,上楼拖地去了。

当然,这件事何一为说过也就忘了。

又过去了几个月,如菊不知不觉变得摩登起来。苏文领她烫了发,给她买时髦的衣服、皮鞋,还送给她戒指、耳环什么的。除了干活,她就呆在自己房间的穿衣镜前涂脂抹粉,哼流行歌曲。何一为看着别扭,越看越别扭。本来挺朴素的一个乡下姑娘,眨眼工夫就变得俗不可耐了。这就是城市,城市只能把女人变成女妖,而不能把女人变成女神。

苏文得知何一为的想法后,赶紧又带如菊到美发馆把弯曲的头发拉直,梳了个小辫;不许她再穿袒胸露臂的时髦衣服。如菊噘着嘴满脸不高兴,苏文威胁她说,不听话就把她送回乡下去。

重新变得朴素的如菊开始令何一为赏心悦目。

又一个春天到了。苏文要到南方的几个城市考察,时间一个月左右。临走前,她反复叮嘱如菊,一定要照顾好何一为的生活。苏文走后,家里只剩下何一为和如菊,气氛显得更宽松了。没有苏文管束,如菊更是快乐无比,像有什么好事等着她似的。她学会冲何一为撒娇了,挤眉弄眼,哼哼唧唧的,还时不时地发个小脾气;偶尔睡个小懒觉,躺在床上大声指挥何一为给她煎鸡蛋吃。这令何一为感到挺有趣,挺新鲜,挺好玩的。

她不停地和何一为说话，给他讲乡下的笑话。比如她讲道："有一个小男孩，经常不好好吃奶。一次，他娘又撩起上衣给他喂奶，他哭着闹着就是不吃。他的白胡子爷爷下地回来，吓唬孙子说：你再不吃，我可就吃了……"

她还讲道："一个乡下小男孩跟他爷爷在马路边玩，有个城里的漂亮姑娘路过，见小男孩虎头虎脑十分可爱，姑娘忍不住夸他几句，还把粉嘟嘟的脸蛋凑过去，冲小男孩说：乖，亲阿姨一下。小男孩害羞，向爷爷求助，说：爷爷，还是你亲吧……"

何一为听得非常开心。

如菊把肚子里的笑话倒腾完后，又教何一为绕口令。比如她讲："街上有个算卦的，还有一个挂蒜的。算卦的算卦，挂蒜的卖蒜。算卦的叫挂蒜的算卦，挂蒜的叫算卦的买蒜。算卦的不买挂蒜的蒜，挂蒜的也不算算卦的卦。"

比如她又讲："山前有个严圆眼，山后有个杨眼圆，二人山前山后来比眼；不知严圆眼比杨眼圆的眼圆，还是杨眼圆比严圆眼的眼圆。"

何一为学了一遍又一遍，不知学了多少遍，越学越绕口。笑得如菊肚子疼，恨不得躺到地板上打几个滚。

而且如菊还唱歌。唱的都是些民间歌谣，动听极了。何一为的情绪开始好起来，他都有好几年没这么开心了。

到后来，如菊还经常穿着近乎透明的衣服在他面前走来走去。他有些不知所措。他干咳两声，说："如菊，去换一件衣服。"

"都洗了，没有可换的。嫌我衣服不好，你去给我买？"如菊故意晃动着她柔软的腰肢，拿话气他。他从抽屉里抽出一沓钱。如菊赶紧说："我才不要你的钱，你要是不收起来，我就不做晚饭了，罢工！"

他简直不知道怎么才好。

一天晚上，外面下着小雨，四周一派宁静。何一为从书柜里拽出一本深奥的哲学书籍，刚耐着性子看了几页，就听见如菊又在楼下她的房间里歌唱。那歌声犹如来自天上，他沉醉在那圣乐般的歌声里，依稀看到了人间单纯而美好的东西：清清的溪水、新鲜的庄稼、黄昏时分阔大无边的草原、阳光下满山遍野的花朵、迟归的牧童、扶摇直上的炊烟、脆响的风铃……大自然的气味和安宁的画面，如水一样浸润着他。渐渐地，他坐不住了。他循着细若游丝的歌声，下楼，朝如菊的房间走去。门虚掩着，他轻轻推开它。

他当即惊呆了！

如菊一丝不挂地站在房间中央，发辫上插一朵烂漫的迎春花。

坏就坏在如菊慌忙用一块布遮住了羞处，不然他会马上意识到那是一个陷阱。如菊遮羞的动作反而更唤起了他久违的灵性和冲动。他仿佛听到了耳边有雨点般的鼓声响起，越来越响，越来越响，敲打、震颤着他疲软已久的神经，使他变得亢奋无比……

后来，他翻找出一把蜡烛，安放在如菊房间里的地板上，点着。又把电灯拉灭。外面风声雨声，声声入耳；屋内烛影摇红，异香扑鼻。他们就在地板上做爱。

他获得了从未有过的强硬。

那段时间何一为和如菊寸步不离。他觉得幸福极了，快乐极了。仿佛有人把他前半生的幸福都收藏起来，积攒在一个坚硬无比的盒子里，到现在才打开盒子，把属于他的幸福一股脑地全还给他，使他应接不暇。他和如菊到湖边的树林里采集野花，一束束插在床头、案头、窗台上。他们一天到晚在一起：择菜、做饭、吃饭、洗碗、洗衣服、看电视、打台球、共浴、睡觉，或者听她唱歌，他一点都不感到疲累。

一切都是那么美好。

一个月后，苏文如期归来。何一为这才意识到，他堕落了。他吓得战战兢兢，直冒冷汗。他走到一个没人的地方，狠狠给了自己一个耳光。他是在用堕落作为阶梯来追求美好的。美好与堕落原来只有一步之遥。他痛定思痛，强迫自己和先前一样生活。

苏文好像对他和如菊的事浑然不觉，一概不闻不问，依旧在外奔忙。

其实苏文是故意装作啥也不知道。苏文这次外出考察，就是为了给他们创造宽松的机会。苏文是想演一出"借腹生子"的戏。当然开始时要瞒住何一为。苏文打算造成既定事实后再如实告诉何一为。

蒙在鼓里的何一为越想越觉得对不起苏文。他打算把自己的罪过和盘托出。他愿意接受最严厉的惩罚。即便她因此要杀死他，他也没有怨言。他抽个机会，冷汗涔涔地对苏文说："亲爱的，我……我做了对不起你的坏事……我把如菊……"

苏文急忙挥手打断他的话："你打她啦？你打得对！她确实需要严加管教！"

"不是……是我和她……"

"行行行！别再说啦！我不想听这个。我烦！以后她再不老实，你替我往死里打！哎呀，我困死了，我要睡了。晚安！亲爱的。"

何一为想，苏文太累了，那就以后再向她认错吧。他也睡着了。

这个时候，房地产业已经有明显降温的迹象。但海天公司倾力建造的蓝水河花园小区弄了半截子，苏文只能咬牙坚持下去。为此，她的脸色像涂了一层冰霜。海天公司就是从这时候开始滑落的。

16

苏文出差回来后，何一为收了心，尽量避开如菊，防止单独和她在一起。他整天开车外出，甚至连午饭都不回家吃。每天磨蹭到很晚才回去吃晚饭，这时苏文也该回来了。

渐渐地，何一为发现如菊越来越不像样子，她连饭都懒得做了，而是直接到附近的饭馆里买现成的；也不大收拾房间了，家里一度乱得像猪窝。何一为埋怨她不该这样，她竟然敢和他顶嘴，好像他欠了她什么。她经常趁他们不在家时，打开VCD看黄片，那原是苏文买给何一为晚上看的，为的是给他助兴提神，帮他们玉成好事。如菊还偷偷使用苏文的化妆品，穿上苏文的高档服装在大客厅里走模特步。何一为手提包里的钱也常常不翼而飞。

一天下午，何一为到体育馆看了一场臭不可闻的足球甲A联赛，快七点了才饿着肚子悻悻回到家里。他看到如菊居然躺在他和苏文的床上睡大觉，而且上身赤裸着，连胸罩都不戴，那样子丑极了，令他感到恶心。他痛苦地捂上眼睛，退到门口，背过脸去，大声说："如菊，你看你什么样子！"他连说了三遍，她眼皮都不翻一下，躺在那里一动不动。他伤心地说："如菊，原先你不是这样的。原先你多朴素呀，是这个肮脏的环境腐蚀了你呀……苏文说了，如果你不听话，就让我教训你。我再给你一次机会……"

他气呼呼地开上车，到市里的商店买面包填肚子。

终于有一天，何一为又一次冲如菊发火时，如菊忍不住道出了事情的真相。何一为这才如梦方醒。苏文让如菊替她生个孩子，条件是，事成之后，她付给如菊五万块钱，再到如菊所在的县城替她买个城镇户口，以后如菊永远不在这里露面。

知晓了苏文和如菊的这个惊天的阴谋后，何一为当即觉得天旋地转，呼吸困难，就像被一把钝刀阉割了一样，他几乎气绝。老天爷，他被这两个恶毒的女人给算计了，他们联起手来，挖好大坑引他往里跳，而他居然那么投入，似乎在如菊身上找到了感情和精神寄托，他岂不是太可笑，太可悲了！她们把他当成了什么人？她们纯粹是把他当成了傻瓜，她们根本没把他当人看啊！

当时苏文没在场。苏文要是在场，何一为会咬她一口。如菊气哼哼地说："我一个黄花闺女，你以为我愿意这样！替你们养孩子，我多睡一会还不行吗？"说完她"砰"地摔上了自己卧室的门。

何一为像个妇人一样，掩面悲泣："欺骗！到处都是欺骗！多么丑恶的欺骗！我们为什么不能活得真实一点？我们甚至连野兽都不如啊！野兽比人活得真实，野兽想干什么就干什么，它们用不着说假话，它们用不着掩盖。它们要多潇洒有多潇洒。可是人呢？人在野兽面前应该感到惭愧啊！……"

何一为一直哭到月上柳梢头。如菊肚子饿了，到外面买回一斤猪肉灌汤包，她自己吃了大半斤，剩下几个端给何一为。何一为一抬手打翻了盘子。苏文一身酒气回到家里时，何一为正在干呕，眼珠子鼓凸着，苏文吓得六神无主，只知道捶打他的后背。她问明原因后，期期艾艾地说："亲爱的，我是为你好，为我们好。你不知道我做这个决定时有多么痛苦……"

苏文泣不成声。何一为推开她，心想你那是鳄鱼的眼泪，无法打动我了。他逼视着她，咬牙切齿地说："是的，你有钱。你们这些有钱人总以为金钱可以买来一切。但是，你错了！我要的东西再多的钱也买不来。我的心你永远都不懂！和你这样的人生活在一起，我感到恐惧！太可怕了！……"

何一为几欲瘫倒，苏文死死抱住他，他们的泪水流到一块。她抽噎着说："一为，我爱你。我所做的一切都是为了你。总有一天，你会理解我的……"

这场风暴过后，何一为变得狂躁起来，稍不如意就摔打东西。苏文全都由着他，更加心疼、呵护他。她认为他受了刺激，过段时间就会好的。

苏文狠狠训了如菊两次，如菊重又变得勤快起来。苏文偷偷带如菊去医院做过一次检查，却没有发现有孕的迹象。医生说，过几天再来查查。

何一为每天一大早就开车出去，很晚才回家。他没有目标，四处闲转，走到哪算哪。他很想找个人诉说一下内心的苦闷，但想来想去，他在这个偌大的城市只有丁冬一个朋友。于是，他在一天下午开车把丁冬拉到了金鼎大厦。

丁冬看到何一为背都有点驼了，脸色蜡黄，神态萎靡，身体虚弱，她心里酸楚得不行。

何一为刚在大厦广场的一角泊好车，就有个拄着双拐的老乞丐艰难地向他们挪过来，然后伸出肮脏不堪的手。丁冬拉起何一为就要走，何一为不由分说掏出一沓百元大钞，丁冬伸手去阻止，但是晚了，他一扬手就把厚厚一沓钱全甩给了老乞丐。丁冬和老乞丐同时惊呆了。但那个狡猾的、见多识广的老乞丐飞快地捡起钱，提起双拐麻利地跑开了。丁冬大声说："看！他的双腿根本就没有毛病！"

何一为对丁冬大惊小怪的样子不以为然："你的意思是，我有毛病？"

丁冬气得够呛："我不和你拌嘴。你给他的钱有点太多了，你不觉得吗？"

何一为说："这算什么，也就一顿饭钱。富人一顿饭，顶穷人吃一年。我多给他一点，他家今年的日子就好过了。"

何一为居然又幽默了一句："说不定他会用这笔钱娶个媳妇呢。"

丁冬讥笑道："但愿他能请你喝喜酒。"

何一为认真地说："到时候你陪我一块去。"

他们来到大厦十八楼的酒吧厅，找个靠窗的座位坐下。领台小姐款款走过来，问他们需要什么。何一为没有征求丁冬的意见，乱点一气，要了XO、法国白兰地，还有意大利甜点以及哥伦比亚咖啡等。丁冬知道这都是些很昂贵的东西，说："没必要点这么多嘛。"

何一为反问丁冬："你真的把钱看得那么重？"

丁冬给他气得浑身发抖，赌气好一阵不理他。他喋喋不休地向她聒噪,她惟有耐着性子听下去。讲完了,天也黑尽了。他们空腹喝了不少酒,彼此都有了醉意。丁冬点上一支烟,闷闷地抽。他责怪她说:“冬冬,你还没戒烟?你太放纵自己了。”

丁冬说:“你就不要再为我操心了。你看你混成了什么样子,还是多为自己想想吧。”

他愣怔片刻,说:“是的,我的处境确实够糟糕的,她们总是欺骗我。”他边说边垂下脑袋,十指用力插进发丛中,像是要把双手伸进脑壳里往外掏点什么。

丁冬递给他一支烟,他犹豫一下,还是接了。丁冬给他点上,他只吸了一口,就呛出了眼泪。丁冬接过他手中的烟,接着吸。她说:“一为,你听我一句话:苏文还在爱你,非常地爱你,你一定得理解她。”

“不!那根本不叫爱!”他直视着丁冬,“在这个世界上,也许只有你真正地爱我。我说的对不对?”

丁冬心里涌起一股热流,眼睛立刻湿润了。她轻声说:“是的,我……爱你……”

他们的手在吧桌下相遇,握在了一起。他说:“苏文今天一大早又去北京了,生意越来越糟,我看她早晚要喝西北风。唉,不说她了……冬冬,今夜,你来……陪陪我,行吗?……”

丁冬咬紧嘴唇,毫不犹豫地点点头。此时夜已深,窗外到处是灯火的海洋,城市的高层建筑越来越多了,城市的夜晚越来越美丽了。可是,他们没有心思欣赏窗外的风景。不远处的一张吧台上,一个男人把手放在女伴的大腿上抚动,丁冬不由耳热心跳。他们该离开了。侍应生送来账单,账单上躺着一个可观的数字。何一为伸手掏钱,兜里空空如也,他把所有的钱都扔给那个老乞丐了。幸亏丁冬带着钱,他们才没出洋相。他们往外走的时候，何一为的脸色十分难看。他嘟囔道："我真没用。我怎么老花女人的钱？"

半个小时后，他们来到小汤山。他们刚进屋，丁冬就看到，一个身体结实、头发蓬乱的女孩突然从某个房间钻出来，吓了她一跳。想必这就是如菊了。如菊用巫婆般的目光盯着丁冬，仿佛丁冬是个厉鬼。进到何一为夫妇的卧室后，他们默默地互相注视，执手相看泪眼，都有一种恍若隔世的沧桑感。旧梦重温使他们备觉伤感，他们颤抖着轻轻呼唤对方的名字，泪流满面。后来，他们像是接到了同一个号令，猛地抱在一起，目空一切地接吻。他们倒在床上翻滚，何一为的眼里没有了泪，冒出来的全是火。丁冬预感到巅峰即将来临，发自内心深处的战栗使她意识到他们正在奔向伟大的境界。

然而，就在这时，有人"砰砰"地擂门。他们惊慌地推开对方，坐起来，吓得大气都不敢出。如菊边擂门边大声说："表姐夫，客人喝茶吗？"

何一为嘶哑着嗓子说："不喝。你滚开！"

如菊又踢了房门一下："我都泡好了。快开门！"

何一为颓然地叹口气，整整衣服。见丁冬也把衣服整理好了，他无可奈何地把门打开。如菊闪身端进来两杯茶。如菊用巫婆般更为严厉的目光盯视丁冬，丁冬不禁感到毛骨悚然。

如菊走开后，他们重新开始。

但是，没等他们达到刚才的高度，如菊又"砰砰"擂响了门，她说："表姐夫，都快十二点了，该休息了，送客人走吧！"

丁冬真的害怕了。她浑身无力，四肢发紧，刚才的热情全不见了。仿佛她从热锅里被人提出来，扔进了冰柜里。何一为也呆愣着，手足无措，憋足了劲才爆发出来的那一点激情完全丧失了。他疲软了。他欲哭无泪，哀哀地说："这个小魔鬼，太可怕了，她早晚会杀了我……"

丁冬噙着泪穿衣服。如菊擂了一阵门，噔噔噔下了楼。紧接着客厅里的音响被她打开了，震耳欲聋的声音令整座楼都摇晃。其间还夹杂着瓷器碎裂的声音，不知她把什么摔碎了，锐利的响动令何一为和丁冬如临深渊。

就这样，巨大的颓败感彻头彻尾地笼罩了他们。丁冬紧紧抓住何一为的胳膊，央求道："你快送我走吧。我都要疯了……我再也不敢来这个地方了。"

何一为的脸阴沉得吓人。下楼时他一步三晃，好几次差点滚下楼梯。丁冬也比他强不到哪去。

DuJiaoShou

像纸片一样飞

16

188-189

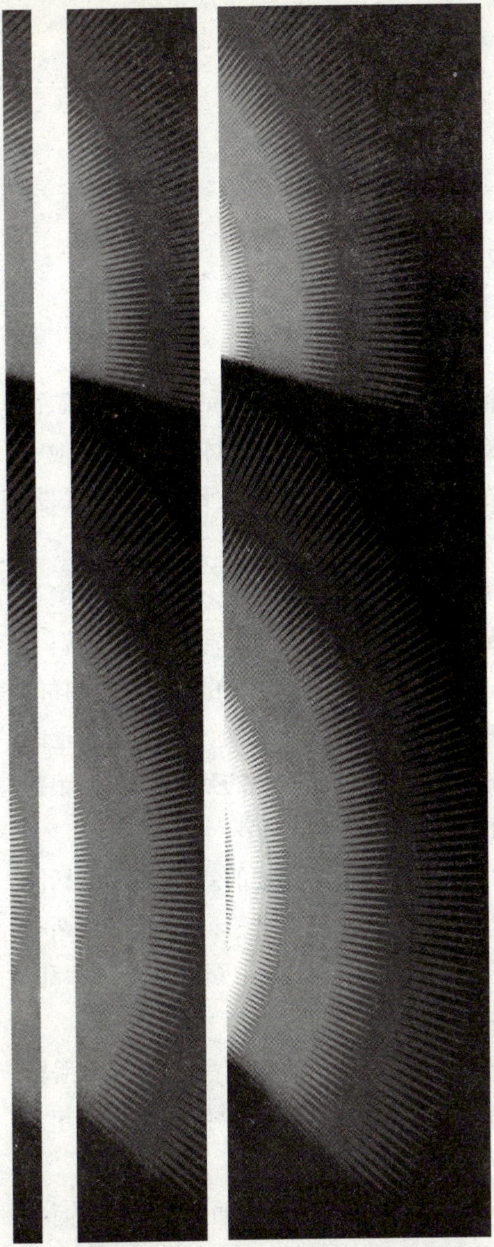

DuJiaoShou

像纸片一样飞

17

190–191

17

半个月后。傍晚。何一为醉意朦胧从外面回来，见如菊饭也不做，房间也不收拾，躺在她的小床上像死猪一样睡大觉，气就不打一处来。他叫她起来，她根本不搭理他。她的头发乱糟糟的，脸也似乎几天不洗了，那样子像个孀妇。

何一为上前拉她，她竟敢反抗，使劲蹬了何一为一脚，把他蹬倒在地，摔得眼冒金星。他定睛看去，这才发现她裙子里面居然没穿短裤。

丑死了，真是丑死了！何一为赶紧闭上眼。他竟然在不久前和这样的女人产生过感情，还以为它是美好的，简直是瞎了眼！他使劲捶着自己的脑袋，差一点呕吐。他气急败坏地爬起来，使出吃奶的劲提起如菊，踉踉跄跄走几步，把她扔到了客厅里。

这时院子里有汽车的声音，苏文回来了。听过他的叙述，苏文二话没说，走到仍然蜷缩在客厅角落里的如菊面前，蹲下身子，狠狠给了她两个耳光。苏文恶狠狠地指着她的鼻子说："家里家外全乱了套，你还敢添乱。还不快滚一边去，你这个小娼妇！"

然而如菊一动不动，小脸焦黄，满脸是汗。她蜷缩在地毯上，双手紧紧捂住肚子。这个动作提醒了苏文，苏文这才觉出大事不妙，慌忙扶起如菊，带她去了医院。

半夜，她们如丧考妣般回到家，何一为这才知道，如菊流产了。而在此之前，何一为和苏文谁都不清楚如菊已经怀孕，如菊自己也搞不明白，他们都缺乏经验。苏文原打算上个星期再带如菊去检查一次，她忙得团团转，就把这事搁到了脑后。终究铸成了大错。

苏文苦心经营的计划流产了，她极度地失望。安顿如菊睡下，她上到二楼卧室，搂住何一为痛哭流涕。何一为的震惊和痛苦程度一点也不亚于苏文。因为是他先动手摔打了如菊，是他亲手杀死了一个正在茁壮成长的小生命！他认定那是一个男孩。那男孩在母腹中活得好好的，用不了多久——到冬天吧，他就会瓜熟蒂落，来到人间，和父母一起生活。那一定是个漂亮、聪明的孩子，将来他会像他的亲生父亲一样英俊潇洒，像他冒名的母亲苏文那样聪明能干。他会有大出息的。将来他会成为歌星，或者是影视明星，或者是足球明星，或者是大实业家，说不定还能当上中央委员呢。想想这是多么美妙的前景！可是，他却夭折了，再也见不到阳光了！而杀害他的凶手，正是他的父亲，一个名叫何一为的大混蛋、大刽子手、大恶魔！

何一为靠在苏文身上，几近绝望。他不敢往下想了。他用细若游丝的声音，断断续续地说："我是一个杀人犯。而我原先总标榜自己多么善良，多么忠厚，多么正直，并且常常以此为荣。现在看来都是骗人的，是假的。我太虚伪了。实际上我是一个凶手，一个亲手杀死自己骨肉的凶手。我连自己的孩子都不肯放过，可见凶残至极，真是十恶不赦，罄竹难书……"

苏文被他的样子吓坏了，她强忍着痛苦安慰他，扶他躺好。她抽泣着说："亲爱的，你想得太多了。孩子没了，咱不要就是了。流产的事情不是天天都在发生吗？如果你喜欢孩子，咱再想办法要一个……"

何一为说："不！我再也不想钻你们的圈套了！"

苏文说："好好，那咱就不要了，像我们最初设想的那样。"

黎明时分，他们才睡下。但何一为随即被持续不断的噩梦缠绕。他梦见有人把他推进了河里，水好大好大，他挣扎着露出水面，刚一露头，就有人用棍子敲打他。他只好又沉下去。他憋坏了，再一次钻出水面，棍子马上又落下来，他重新沉入水底……如此反复多次，他坚持不住了，再也浮不起来了，变成一具尸体顺水漂流……

他被吓醒，惊恐地坐起来。苏文背朝着他，睡得死沉。她在睡梦中，不时地咬牙打颤。何一为不敢惊动她。他想，她一定在恨他，因为他杀死了她苦心孤诣好不容易才显眉目的孩子。她制造了一个阴谋，而他却用罪恶挫败了它，到头来他们都成了牺牲品。他想，她一定恨死他了。这个女人其实活得很不容易，过去落难时她不顺心，现在事业成功，财源滚滚，她仍是不顺心。尽管她再三表白她非常爱他，离了他就不能活，但她并没有得到幸福。爱和幸福有时是两码事……

天亮了，苏文一切恢复了正常，仿佛昨晚的事情是一个儿戏，是一场梦。临出门前，她抚摸着何一为干巴巴的脸蛋，柔情地说："亲爱的，把过去忘掉吧，还有很多更重要的事情等着我们做呢！"

何一为说："你可以忘掉，因为你不是凶手。可我是凶手，我永远都不会原谅自己……"

苏文有些烦躁，不想再听他唠叨，匆忙开车走了。

三天后，苏文打发如菊回了老家。

何一为的情绪不仅不见好转，反而更糟。除了睡觉，他一分钟也不想呆在家里。这个家就像个万花筒一样，让他不停地回忆起痛苦的往事。他开始酗酒。有一天晚上，他醉醺醺地开车经过一个十字路口时，被交警查获。交警把车和驾驶证扣下，让他打电话，叫人来领他。苏文又去南方出差了，他没有单位，没有亲人——他不光在本城没有亲人，在世界上他也没有亲人了，他的母亲迟桂花和继父孙玉成几年前相继作古——谁能来领他回家？

交警见他醉得厉害，开的又是辆高级车，也不想为难他，告诉他三日以内到车管所接受处理，然后帮他拦了一辆出租车，挥挥手打发他走了。

出租车司机是位好事之徒，见这位客人眼睛直直的，像个有钱人，就试探着暧昧地问他："老板，愿意去一个好玩的地方吗？"

"好玩？"他打着酒嗝，"我怎么不知道。"

"我可以带你去呀。"

"那好，我付你双倍车钱。"

出租车把何一为拉到一条邻近郊区的小街上，街两边是低矮的民房，参差不齐，都挂着大红的窗帘和门帘，像旧时代的妓院。车子刚一停下，何一为就意识到这不是个好地方。司机收好钱，告诉他这里可以随便玩，很安全的，掉头一溜烟跑掉了。他摇摇晃晃，摸不清东西南北。这时就有两个已不年轻的女人跑上前，一口一个大哥地叫着，扶着他进了一间挂着美容美发招牌的店铺。他口齿不清地说：

“我不嫖，我不嫖……”

一个女人说：“男人哪有不嫖的，大哥你放心，俺姐俩会侍候得你舒舒服服的。”

何一为说：“反正我不嫖。”他的胳膊被两个女人架着，反抗是徒劳的。

另一个女人说：“不嫖就不嫖，聊聊天说说话也行啊。一看大哥就是个厚道人。”

何一为说：“我想喝酒。”

两个女人放下他，其中一个从一只破纸箱里摸出两瓶啤酒，往他面前一墩：“喝吧，放开喝吧！”

何一为咕咚咕咚喝下小半瓶，直勾勾地盯着面前的两个女人：“你们，都是为生活所迫，才干这个的吧？”

“是呀是呀，要不谁干这个。”

何一为已经听不出是哪个女人在说话。或许是两个女人一块说的。

“你们，为什么不在家，好好种地？”

“我们没地种。我们是下岗工。”

“下岗？可以到农贸市场，卖菜。反正不能，干这个。你们都、堕落了。你们不能，自暴自弃，不能向命运、低头……”

说话的工夫，两瓶啤酒见了底。往下的事情他就不知道了。

何一为睁开眼时，天已大亮。他看到一张大床上，躺着三个人，一男二女。以为还在梦中。接着，他就腾地坐起来。他全身赤裸着，两个女人都裸着上身，其中一个女人足有三十五六岁，比他还要大，脖子上满是皱褶；另一个二十七八岁，脸上遍布着粉刺。

她们也醒了，笑嘻嘻地看着何一为穿衣服。老一点的说：“先生，昨夜

你真棒，把我收拾得嗷嗷叫。”

何一为喉头发紧：“怎么会？怎么会？我什么也不知道……”

年少一点的女人抢着说：“大哥，你就别谦虚了。不但她被你折腾得要死，我也给你整得够呛。你太棒了，啧啧，真舍不得你走……”

何一为头疼欲裂，几乎站立不住：“你们，为什么要这样？”

两个女人同时说：“挣钱呗。”

何一为从镶在墙上的一面小镜子里看到，自己脸上满是女人的唇印，十分滑稽。他的眼泪终于流了出来：“老天爷，我这是怎么啦？我成了嫖客！这多令人恶心呀……我真的是堕落了。太丑恶了。简直不可饶恕啊……”

年老一点的女人劝道：“兄弟，你有啥想不开的，不就是睡了一觉嘛，男人睡女人，就是肉跟肉碰了一下。很多人到我们这条街上来找乐子，有些高级领导也来，人家哪个都比你想得开嘛……”

年少一点的女人拿来湿毛巾，替何一为擦去脸上的口红和眼泪。他翻遍手包和衣兜，把所有的钱掏出来，除留下五十元打的，剩下的全扔给了两个女人，足有两千多块，乐得两个女人恨不得再留他住一天。

有了这次经历，何一为不愿再在城里乱转了。他去郊外，去很远的大河边，去没人的地方。他疯了似的开车到处跑，一刻也不想停下来，一停下来他的脑袋就乱。车身已被他磕碰得坑坑洼洼。困了,他就把车停在路边,小睡一会儿。有时来了兴趣,他就用苏文刚给他买的“全球通”拨电话,号码是临时胡乱拟定的,打到哪儿算哪儿。

一次,他打到北京,接电话的是个小女孩。小女孩说,她的学习成绩很好。她妈妈跟一个有钱的洋伯伯走了,去澳大利亚了,爸爸正和一个姓王的阿姨谈恋爱,天天晚上出去,有时很晚回家,有时不回来,她一个人在家,好害怕好害怕。他说,小朋友你不用怕,叔叔在电话里陪你玩,等你困了想睡觉了,咱们再说再见。她好像哭了,他的鼻子也酸酸的。他们一直聊到手机电池耗光才罢休。

还有一次,他打到了纽约。接电话的是个语音迟钝、呼吸急促的老头。何一为的英语发音还算凑合,老头能听懂。老头说,他老了,走不动了,每天坐在电视机前看橄榄球赛,没有人来看望他。老头还说,芝加哥的警察刚刚和一帮黑鬼发生过冲突,烧了几十辆汽车;美国快完蛋了,他要给威廉·克林顿总统写信,让他赶快下台……

又有一次,他胡乱往英国伦敦拨电话,半天才拨通一个有人接的电话。对方是个女的,一口纯正的牛津腔。她说她叫诺拉,依莉莎白·诺拉,刚从夜总会回来,那里净是些有钱的阿拉伯人。她娇声说:“先生,你要我吗?”他告诉她,他是中国人,他正在中国东部一条没有水的小河边给她打电话。她兴奋地“噢”了一声:“CHINA,中国?神秘的中国?太好了!噢先生,谢谢您的电话。听说你们中国禁欲?您能忍受吗?OK,您能来伦敦看我吗?我叫诺拉,依莉莎白·诺拉,住女王公园大街657号……”他说:“我是一个……杀人犯,前几天刚杀死一个婴儿。”她惊讶地说:“凶犯?噢,没关系,我喜欢凶犯,他们都很强壮……”她居然喜欢他,他感动得要落泪,连声说:“谢谢,谢谢。中国没人喜欢我了,可你却喜欢我,谢谢,太谢谢了……”

他的手机通话费突飞猛涨。苏文发现他乱打无聊至极的电话后,不再替他到电讯公司交费。他的那部“全球通”便成了废物。

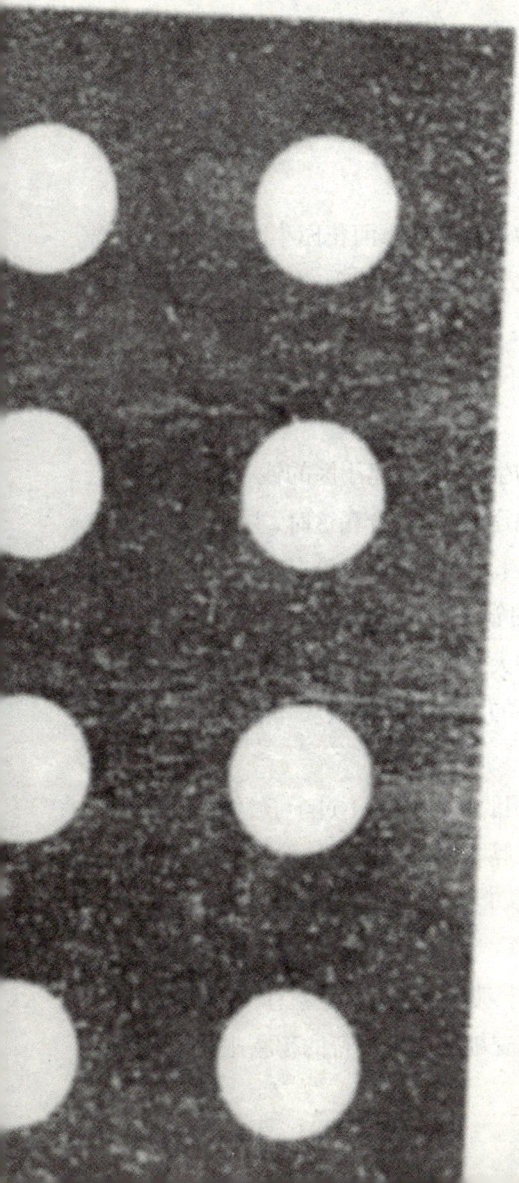

独角兽丛书

DuJiaoShou

像纸片一样飞

18

200-201

18

一年多之后，海天公司倾全力兴建的蓝水河花园小区竣工。小区漂亮归漂亮，终因赶上房地产业的大萧条而成了巨大的累赘。苏文发动全公司的职员，费了吃奶的劲只廉价销售出不到十分之一，那十分之九卖不动的房子开始压得海天公司喘不过气来。苏文到了她下海经商以来最险恶的时刻。

房子销不动，没有资金做别的生意，而且建小区的钱一大半是贷款，光利息一项就够苏文受的。屋漏偏逢连阴雨，恰在这时，主要贷款方建设银行的行长因贪污受贿成了阶下囚。海天公司虽没有向此人行多少贿，不至于牵连进去，但建行新成立的领导班子按照上级批示，花大力气清理不良贷款，而且主要是针对那些大量借贷的民营企业。海天公司是首屈一指的借贷大户，每天都有建行的人来催还贷款。开始他们态度还不错，不久脸色就越来越难看了。

苏文惟一的办法就是躲避。但躲过初一躲不过十五，建行的新领导扬言，一个月后再不还贷，他们将到法院起诉，请求法院拍卖海天公司的财产，用以偿还贷款。公司里人心开始浮动，已经有人悄悄联系别的单位，打算另谋高就。

偏偏祸不单行。副总经理兼计划财务部主任汪家林突然下落不明！苏文得此消息，第一个反应就是核查她在中国银行的秘密账户。公司里

只有她和汪家林知道这个账户，那还是六七年前汪家林追求她时她一不小心透露的，她以为汪家林早忘了，就没有进行更换。就连何一为都不清楚这个账号。她赫然发现，账户上的八百万元钱全部被汪家林用欺骗的手段提走了！这八百万原本是苏文的活命钱，不到万不得已她是不敢动的。可现在，汪家林釜底抽薪，在她最困难的时候从背后给了她一刀。这一刀足以要她的命！

苏文当即口吐鲜血，不省人事。众人急忙把她送到医院抢救。医生说，再晚来半小时，她可能就没命了，因为她的心脏出现了短暂的骤停。

警方搜查了汪家林的家，一无所获。这个无耻的家伙，居然把家里所有的存款也都带走了，只给王静留下五百多元的零币。王静去年生孩子后，一直没有上班，汪家林是趁她带孩子回娘家的工夫溜掉的。警察和公司里的人来找她时，她还蒙在鼓里。

王静听此消息，也傻了眼。她哭哭啼啼道，汪家林前些日子曾念叨过，得找机会出国，去日本也行，去韩国也行，去越南、缅甸也行，办不了签证，就偷渡过去。他还说过，他这辈子最恨的人就是何一为和苏文，是姓何的坏了他的大事，是姓苏的太糊涂，深深刺伤了他的心，他要报复。末了，王静还说，汪家林这个坏种一天也没爱过她，晚上干那事时，都把她当苏文对待，叫她一遍遍地说：我是苏文，使劲操我……这个畜生真是作孽呀……

谁都明白，这笔巨款追回来的可能性微乎其微。

两天之后，何一为才知道这场灾难。人们似乎把他忘了，没有人去通知他。他身上连买面包的钱都没有了，就打电话找苏文，这才知道事情的原委。他最初的反应则是哈哈大笑，手舞足蹈转着圈儿哈哈大笑，笑得眼泪鼻涕满脸都是，笑声震落了窗台上一个没放置好的花瓶。笑毕，他上气不接下气地跑到医院，紧紧握住苏文的手说："亲爱的，我早说过会有这一天吧？汪家林这一手够绝的。好！好！不见得是坏事。苏文，我们没有了那些该死的钱，我们可以像普通人那样过朴素而幸福的日子了。多有趣呀，哈，哈哈……"

苏文出院时，公司里没一个人去接。那些家伙先前对她趋之若鹜，无非是冲着她的钱去的。现在，她成了穷光蛋，他们惟恐避之不及。只有何一为兴高采烈地去了。仿佛他的老婆给他生了个胖儿子，他去接母子二人回家。苏文身体已基本恢复，完全可以下地走动，但何一为非要抱着她下楼。他抱着她从四楼往下走，亲热得不行，引得很多病号围观，人们啧啧称叹，说这对少夫老妻真是甜蜜。

何一为抱着苏文下楼，一点都不觉得累。他感到苏文轻得像一片羽毛。他面不改色心不跳地对她说："当一个人身上没钱的时候，当一个人不为钱所累的时候，我看她就可以像一片美丽的羽毛那样飞起来，多轻松呀，多自在呀！没钱的感觉真好！"

苏文这回彻底垮了，她输得好惨好惨。她躺在床上，不想吃不想喝，紧闭着牙关不说话，两眼黯然无光，身上肮脏得像个乡下女人，头顶上突然冒出一缕白发，看上去仿佛一夜之间老了十岁。何一为陪着她，殷勤地照顾她，与她寸步不离。他感到从未有过的幸福。他耐心地开导她，说："我很高兴，你能够摆脱金钱的奴役和桎梏。当你眼里没钱时，你的心灵就是透明的，所以你会感到大彻大悟般的幸福。说到这，我们要感谢汪家林呢。”

苏文的眼角挂着泪，她一言不发。

何一为把她粘糊糊的手放在自己脸上，喋喋不休地说：“苏文，我爱你，我从来没这么爱过你……我们搬到一个山清水秀的地方去吧。我做乡村教师，你种花种菜；我们住在茅屋里，吃野果喝溪水；冬天烧柴火取暖，夏天点艾蒿驱蚊……”

苏文终于发作了，她撕扯着自己的头发，咆哮道：“我不想听你说这些鬼话！我十年辛苦，呕心沥血，图个啥？好不容易成功了，登天了，转眼之间又失败了，摔了个四爪朝天……我不甘心！死也不甘心……”

何一为吓得一阵哆嗦。他感到脑子“轰轰”地响，心里憋闷得难受极了，就用手抓挠胸脯，仿佛想把心脏掏出来，掏给苏文看。见他这个样子，苏文又理智下来，说：“你不用怕，只要我还有一口饭吃，就饿不死你。”

何一为颤抖着说：“你说的什么？我不明白，不明白……”

苏文闭门在家休整了两个月。这期间，法院和建行联合拍卖了海天公司的所有财产，所得数额正好用来偿还贷款。苏文个人仅剩下小汤山高级住宅区的这栋房子和何一为平时使用的那辆破皇冠车。

何一为现在最怕回家。他从来没像现在这样惧怕苏文。仿佛是他抢走了她的钱财，她要找他拼命似的。有一天晚上，他在一处臭哄哄的大排档上喝过扎啤后，躺在街心花园里的石凳上睡了一觉，醒来时发现苏文去年年底花三千元给他买的意大利皮鞋被人拎走了，所幸车子没让人开走。他只好光着脚丫子开车回家。

苏文决定从头再来。她打算把小汤山的房子和皇冠车卖掉，重新开办一家公司。她嘴里咝咝冒着冷气，吼叫道："我姓苏的不会轻易认输的。那些混蛋们，你们等着瞧吧，不出三年，老娘就会翻过身来！"

何一为百感交集，头疼欲裂。

独角兽丛书

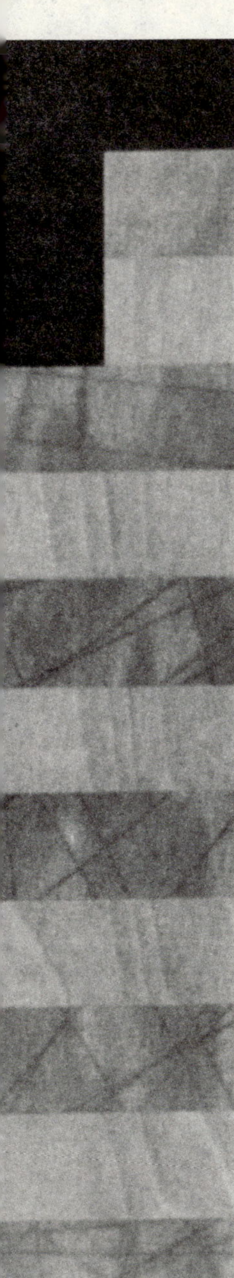

19

五月二十七日，是何一为三十四岁的生日。

这天下午，何一为开车来报社找丁冬，请求她陪他过生日。丁冬不顾值班主编的不悦，跟他走了。他先开车来到一家新开张的当铺，用他的那枚订婚钻戒当了四千二百块钱。丁冬对他的举动大惑不解。他说："这是我最后的私人财产了，我想把所有的钱都花光，尝尝身无分文的滋味。"

丁冬知道他神神道道，心想，一切都由着他吧，看他能折腾到什么时候。

他们又来到一家商场，买了生日蛋糕、蜡烛和两瓶法国白兰地。买蜡烛时，他坚持只买四支，丁冬说："应该买三十四支呀。"

他正色道："我今年才四岁，还是个纯洁的儿童呢。"

丁冬以为他在开玩笑，反正吹蜡烛只是个形式，就没往心里去。

时间尚早，何一为决定先拉丁冬到处转转。他说："冬冬，这可能是你最后一次坐我的车了。"

"为什么？"丁冬一愣。

"苏文想把车卖掉。"他颓丧地叹口气，"这个女人，撞得头破血流了，还不甘心失败，纯粹是执迷不悟。我真是不明白，钱对于她果真那么重要吗？她说过，如果有一天她所有的财富化为乌有，她也不会难过，因为有我就够了，我胜过她的一切。可是，根本不是这么回事，她一直在欺骗我。

她从来就没爱过我，她早晚会杀死我的……谁来救我？……”

“你又在胡思乱想。”

“今天是我的生日，可苏文却到工商局办执照去了，晚上还要请人家喝酒。是我的生日重要，还是办执照重要？在她眼里，我连一张营业执照都不如啊……”

“你又多想了。”

车子上了新修的外环路，路面宽阔，车辆也少，何一为加大马力，皇冠车像一匹失控的野马那样疯跑。他随手打开音响，强烈的旋律顿时充满了车内小小的空间，是英国“金属”乐队创作的歌曲《在黑暗中消失》(FADETOBICK)，歌词大意是——

生活好像正在改变，
而我却无所适从。
我已失去了存在的勇气，
除了死亡我已别无选择……

皇冠车一路高歌，向前狂奔。丁冬看到，有好多次他们的车就要和迎面而来的车相撞。她甚至看清了对面车上一张张因惊恐而变形的脸，不知有多少恶骂声呼啸而过。但何一为根本不听丁冬的劝阻，车速一点不减。她的心提到了嗓子眼，心想，完了，完了，这个混蛋，也许他真的疯了。她干脆闭上眼睛，她也豁出去了，不再劝阻他，一心等待那个最惨烈的结果……皇冠车沿外环路转了三圈，天就黑了。下了外环路之后，丁冬的心才算踏实。她心有余悸，说："我想，你刚才可能疯了。"

"没有。"他摇摇头，"我只是脑子有点乱，眼睛也有点发虚。不过，没关系，我已经习惯了。"

说完，他古怪地笑了笑。

进入市区后，城市灿烂的灯火迎面而来。何一为说："冬冬，我要带你去我的家，给我过生日。"

丁冬说："好的。"

可是，他却径直把车开到了金鼎大厦前。丁冬说："不是说好去你家的吗？"

何一为说："这里就是我的家。先前这地方是一座美丽的四合院，我就是在这里出生的。小汤山那边是苏文的家，不是我的家。"

丁冬说："可是，它早就变成了一座五星级饭店。"

何一为说："所以，我要请他们把这个破楼搬走，然后我来盖一间茅屋。茅屋里没钱，但有爱情。茅屋里的爱情是世上最美好的爱情。我要在这里面生活一辈子，死了，就埋葬在这里……"

丁冬不想听他胡咧咧，央求他回家去。他把丁冬推开，跑到总台登记，要了顶层的一个套间。过去苏文阔气时，金鼎大厦的人见了何一为，热情得很。现在，认识他的人都用异样的目光打量他，总台负责登记的小姐起初磨磨蹭蹭，她可能怕何一为赖账，何一为掏出两千块房钱后，她才加快动作。

丁冬提着东西，稀里糊涂地跟何一为上楼。进了房间，丁冬把蛋糕摆好，蜡烛插好，又把酒瓶启开，斟满杯子。

何一为愣怔着，看丁冬把四支蜡烛点燃。丁冬把蛋糕往他面前推一下，强作欢颜说："一为，吹蜡烛吧。"

他好像很费力地低下头，连吹了好几次，居然都不能把四支小蜡烛吹灭！仿佛世上所有的痛苦都集中到了他身上，这个曾经潇洒一时的男人，竟到了吹不灭四朵蓝色小火苗的地步！丁冬的心宛若刀割，噙着泪帮他吹了一口。蜡烛灭了，变成四缕烟雾，很快消散了。丁冬举起酒杯，强颜欢笑："亲爱的，祝你生日快乐！"

他哆嗦着举起杯子，碰了一下，一饮而尽。他们很快就把两瓶酒喝光了，蛋糕却一口也吃不下。喝酒的过程中，他们很少说话。何一为神色黯然，缄口不言。丁冬实在不知道说什么好，安慰他吗？在一个心如死灰的人面前，所有的安慰都是苍白无力的。

猛不丁，何一为抬起头来，说："权力、金钱、性，这三样东西很能使人堕落。可是，我没有权力欲，我不贪图金钱，我对异性也不怎么感兴趣，但我还是堕落了。唉，怎么搞的。人类难道就没有办法不使自己堕落吗？"

他仿佛在自言自语。

丁冬抱住他微微颤动的双肩："一为，你太累了，啥也不要想了，好吗？"

他有了醉意，眼珠子红得吓人。丁冬劝他上床休息，他用力推开她，头一低，头发蹭着了蛋糕，他那沾有奶油的头发像一把刚从漆桶里拎出来的毛刷。丁冬帮他擦拭一阵，最终把他扶到了床前。他拿出最后的力气拥抱她。她强忍着不使眼泪流出来。她没有一点情欲，但她为了帮助这个自己曾经深爱的男人，还是默默脱光了衣服，又帮他脱下衣服。她故作激情四溢地吻他，轻柔而执著地抚弄他，甚至吻他的下身，使出种种手段，试图唤醒他作为男人的存在，藉此给他带来哪怕是一点点快乐。但是，他毫无起色。终于，这个可怜的男人拨开她的手，虚萎不堪地说："我知道不行了……真的不行了……再也不行了……我已经被阉割了……我还算个男人吗？……"

他的泪水打湿了丁冬的脸。丁冬默默地帮他穿好衣服，扶他躺好。大约十一时左右，他平静了一些，温柔地说："冬冬，你回去吧，我想一个人好好休息。"

丁冬说："一个人，行吗？"

他说："睡觉有什么行不行的。"

丁冬说："那好吧。你好好睡一觉，明早回家。过几天我再去看你。"

他说："太阳——明天还会出来吗？"

丁冬想也没想，就说："当然会！"

说罢，丁冬把房间的冷气调小了点，把大灯关上。临出门前，还在他额头上吻了一下。她乘电梯下到底层，穿过大厅往外走。她的脚刚迈出大厦，就见广场上不少人朝一个地方奔过去。有人边跑边说："不好了，有人跳楼了……"

丁冬惊愕地张大了嘴巴。

她知道，就在她下楼的这个短暂的瞬间，一切都结束了。何一为就像一张纸片一样，从高处飘落下来，几乎是无声无息地从这个世界上消失了……

丁冬全身发软，有种飘飘欲飞的感觉，她用力搂住一根大理石廊柱，缓缓地跪了下来。

六月三日，丁冬来到城市北郊的殡仪馆，向何一为进行最后的悼别。

警方做出的结论是：死者酒后控制不住情绪，跳楼自尽；也不排除醉酒后失去理智不小心坠楼而造成的意外事故。人们私下的看法是：何一为见自己老婆钱财荡涤一空，便动了自杀的念头。如果按照这种理解，他是为钱而死。

在这个世界上，或许只有丁冬清楚，他是为理想而死的，只不过他那种理想不切合实际罢了。

他没有留下任何遗言。

来给何一为送行的人寥寥无几。原海天公司的人只到了王静和一个看门的老头。丁冬这边联络了几个同学。她通知他们时，他们都不相信，说，他不是傍了一个女大款吗？这才几年工夫就成了这个样子。另外来的人，就是苏文的几个亲戚。他们可能在苏文发达时没沾多少光，所以从他们的表情上，看不出悲伤，就像例行公事似的。王静倒是哭得很伤心，这个曾经很漂亮的姑娘，现在瘦成了一把骨头。

苏文被人从一辆破面包车上架下来，她的头发几乎全白了，脸上的皱纹格外地醒目。她悲痛欲绝，眼泪已经流干了，嗓子眼里发出的不像是哭声，倒像是某种动物的嘶鸣。

苏文仓促做出了两个决定。其一，她从卖小汤山别墅的钱里拿出二十万元，打算重建云水县小店子中学（她亲爱的丈夫何一为曾经有过这样的愿望，就算是实现他的遗愿吧），并且建议新学校命名为“一为中学”；其二，她打算到沿海的一座小城市定居,永远离开这座让她身心备受磨难的城市。

丁冬缓缓上前,抱住苏文,感觉像抱住一捆枯草。丁冬听到,苏文嘶哑着嗓子,翻来覆去地说:“那天晚上,我一直等他。我从来没这么害怕过。他有什么委屈吗?他有什么委屈吗……”

赶来吊唁的人到齐后,又出了一件怪事:何一为的尸体怎么也找不到了。工作人员翻遍了停放遗体的大厅,仍没找到。后来一个五十多岁的男人眨巴着眼睛走过来,他眼泡肿着,头发扎煞着,下巴耷拉着,一脸阴森之气,让人弄不清他是人是鬼。

他说他是这儿的领导。

他讪笑着说:“这几天送来了七八具跳楼的男尸,有的炒股票赔了血本,有的老婆跟人跑了,有的因为下岗想不开。都摔得不像样子……”

最后,他十分抱歉地说:“可能……可能我们烧错了。”

DuJiaoShou

像纸片一样飞

20

218-219

20

自从何一为出事后，丁冬常常晚上去金鼎大厦十八层的酒吧厅里坐坐，一坐就是半夜。她喜欢坐在一个靠窗的座位上，对着一杯威士忌出神，默默地想点心事。当然，她想得最多的仍是何一为。他只活了三十四岁，整整三十四岁。三十四年前，他来到了这个有人群的地方，三十四年后，他又离开了人群。很短的一段时间，仿佛他压根儿就没来过。老天爷，这太可怕了，难道一个人的生和死连一点痕迹都不能留下吗？

有时她也想到苏文，还有那个乡下姑娘如菊，或许还要算上漂亮女孩王静。她想，我们四个女人都不能留住一个何一为，真像苏文说的，他有什么委屈吗？这样想着的时候，她恍惚看见何一为慢慢地向她走来。他像是一个古代的人，穿着唐朝或清朝的衣服，目不斜视地行走在光怪陆离的今日大街上，他不认识别人，别人也不认识他。他只是不停顿地走。后来他累了，走不动了，就躺在水泥地上睡着了……

是的，她觉得在生活面前，他们都感到疲倦。她不明白，是他们辜负了生活，还是生活辜负了他们？是时代超越了他们，还是他们超越了时代？透过巨大的落地玻璃窗，她看到夜幕下的城市一片空茫，到处都是灯光，灯光的海洋。何一为，难道这么多的灯光都不能照亮你脚下的路吗？

每逢这个时刻，她就能听到时间从身边哗哗流走的声音。她想她已经老了，无可挽回地衰老了，红颜消褪，风霜和忧伤布满了脸庞。

她还以为别人把她忘了。直到有一天，在金鼎大厦十八层的酒吧厅里，一个英俊的小伙子向她走来，他的手中也端着一杯威士忌。他冲她笑笑，笑得很甜。他说："小姐，你有什么痛苦吗？"

"没有。"她说。然后她告诉他，"我已经不知道什么是痛苦了，就像我不知道什么是快乐一样。"

2002年2月一稿

2002年9月二稿